KB077263

그러니까,

그러니까,
강현자의 마음여행

초판 인쇄 | 2014년 08월 05일
초판 발행 | 2014년 08월 11일

지은이 | 강현자
펴낸이 | 신현운
펴낸곳 | 연인M&B
기 획 | 여인화
디자인 | 이희정
마케팅 | 박한동
등 록 | 2000년 3월 7일 제2-3037호
주 소 | 143-874 서울특별시 광진구 자양로 56(자양동 680-25) 2층
전 화 | (02)455-3987 팩스 | (02)3437-5975
홈주소 | www.yeoninmb.co.kr
이메일 | yeonin7@hanmail.net

값 15,000원

ISBN 978-89-6253-156-5 03810

그러니까

희망은
내가 발견하는
작은 순간들 속에 있다

강현자의 마음여행

연인M&B

프롤로그
Prologue

그러니까,
글을 쓰는 동안
내 글이
나를 보살펴 주었어
그때
잠들어 있던
내 영혼이 깨어난 거야

단지 그거야

그러니까,
당신에게도
마음 하나
툭
건드려 주면
좋겠어

삽화처럼
뭔가 빈 듯해도

당신이
따뜻했으면
해

그러니까,

내 글이
당신을
보살필 거야

당신에게
삶의 의미와 기쁨이
될 때까지

그러니까

차례

Contents

part 2 가령, 너의 지도가 되어 줄게

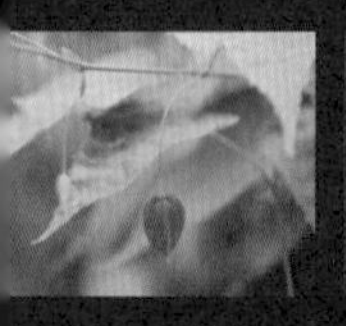

part 3 그러니까, 너, 거기 있었구나

part 4 이를테면, 일상에서 희망을 만나는 일

part 1

지금, 내 안에 있는 나에게

한번도 고음의 소리를 내지 않는 물의 노래는
오직 졸졸졸 흘러가는 것으로 세상과 마주합니다.

물의 노래

보길도에 있는 곡수당에 가면

시냇물이 작곡을 하는 소리가 들립니다.

도레미도레미, 높은음까지 올라가지 못하고

저음의 소리를 반복합니다.

세상의 모든 소리를 차단하고

오직 졸졸졸 흘러가는 것으로 세상을 밝히며 노래합니다.

한번도 고음의 소리를 내지 않는 물의 노래는

세상의 소리를 단절시키고

오직 졸졸졸 흘러가는 것으로 세상과 마주합니다.

세속의 시끄러운 소리들이 저음 속으로 지워져 흘러갑니다.

그 물소리를 듣고 있노라면,
세상의 명예와 이익을 떠나
자연과 더불어 자연의 하나가 되고자 했던
조선 시대 어느 학자의 글 읽는 소리가 들리는 듯합니다.
물줄기의 작은 포말들은
글로 승화되어 품위 있게 튀어 오릅니다.
서로 자연스럽게 대화를 하듯 물은 노래합니다.

여린 물줄기가 소박한 웃음처럼 풀썩풀썩 뛰어내립니다.
맑고 투명한 물줄기가 욕심을 버린 까닭입니다.
얼마나 비우고 버려야 저리 가볍게 흘러갈 수 있는지요.
속살 드러내며 흐르는 물소리가 가슴을 뜨이게 합니다.
삶의 막다른 길에 부딪쳤을 때
이 물줄기처럼 가볍게 버리고 가는 법을 배워야겠습니다.

물줄기는 돌덩이에 걸려 저들끼리 부딪히다가도
쪼르르쪼르르 서로 먼저 낮은 자세로 미끄러집니다.
그 낮음이 더욱 평화롭습니다.
우듬지처럼 불거지는 빠르고 급한 물길도
품어 안고 흘러갑니다.
급하지 않게 흐르는 물줄기를 보면서

느림에서 깨닫는 삶의 호흡을 배웁니다.
느림 속에는 많은 것들이 있습니다.
그것들을 발견하라는 메시지처럼 물은 느리게 흘러갑니다.

물의 노래를 따라 물과 함께 천천히 흘러가 봅니다.
은빛의 옷을 입고
가볍게 건너다니는 햇살들도 따라 흐릅니다.
물속에 노니는 피라미들과 물풀들이 햇살을 받아 빛납니다.
그것들은 음계들처럼 물속에서 화음을 이룹니다.
나도 그것들과 화음을 같이합니다.
애송이 피라미도 되었다가 씩씩한 물풀도 되었다가,
3박자의 화음이 흘러갑니다.
이미 물길에 흘러간 조선 시대 글 읽는 소리도
오늘은 화음으로 환생합니다.

가끔 뾰족한 돌에 걸려 부딪치면 그때마다
물길의 턱에 버팀목을 삼아 흘러가는 물길의 지혜를 봅니다.
살다가 장애물이 있으면
물처럼 낮게 흘러가는 지혜를 돌아봐야겠습니다.
낮은 곳을 바라보면
모든 장애도 자연스럽게 흘러간다는 것을 깨달아 봅니다.

물은 도에 가깝다고 했던가요.
아웅다웅 지지고 볶는 모든 세상사를
물길은 나직이 다독입니다.
서로 다투지 않고 흘러가는 법을 알기 때문입니다.

흘러가는 물줄기에 지친 삶을 풀어 놓습니다.
물길은 말없이 흘러갈 뿐 다시 되돌아오는 법이 없기에
지친 일상도 따라 씻겨 내려갑니다.

세상의 모든 소리가 절뚝거리며 흘러와서
도레미도레미 졸졸졸 화음으로 승화하는 곳.
물은
바다에 이르기 위해서 낮게 흘러가는 것이 아니라,
낮게 흘러야 바다에 이른다는 것을
몸을 던져 노래하는 곳.
여기 곡수당 물의 노래를 들으면서 깨닫습니다.

물은 바다에 이르기 위해서 낮게 흘러가는 것이 아니라,
낮게 흘러야 바다에 이른다는 것을

나는 아직도 이렇게 작구나

사람은 사람을 떠나 살 수 없으며,

사람 관계에서 상처 받고 상처를 주면서

사람으로 성장 한다는 것을

여기 안나푸르나에 와서야 깨닫습니다.

하루에 7시간씩 산길을 걷습니다. 멀리 안나푸르나, 마차푸차레 등 만년설 봉우리가 하늘에 떠 있습니다. 그 설산을 향해 오릅니다.

저 산은 언제부터 거기 있었던가.

수억만 년 전에도 있었던 산이

이제야 내 앞에 우뚝 나타났습니다.

희미하게 공중에 떠 있는 마차푸차레가
가슴으로 밀고 들어옵니다. 가슴이 벅차옵니다.

마차푸차레(해발 6,990m)는 안나푸르나히말에 있는 산으로 네팔인들이 신성시하는 산이라 하여 입산이 금지되어 있습니다. 봉우리가 물고기 꼬리를 닮았다 하여 'Fish tail'로 잘 알려져 있습니다.

신성한 산이라서인지 또렷한 모습을 보여 주지 않습니다.
하늘 공중에 떠 있는 유리 궁전 모습을 하고
구름에 가려졌다가 드러냈다 하며
그 자체가 신의 모습입니다.
하늘에 소속해 있는 신선의 보물처럼
땅의 것이라고는 믿기지 않습니다.
하늘에서 선녀가 날개옷을 하늘거리고 있는 것만 같습니다.
그 모습을 보고 있노라면
저 산과 같은 하늘 아래의 땅에
발 딛고 있다는 것이 믿기지 않을 만큼
내가 현실 속에 있는 것 같지 않습니다.

만년설은 구름 속에서 아주 천천히 모습을 드러내는데

아주 서서히 자신의 모습을 드러내면서
인생은 절대 서두르지 말라고,
이렇게 천천히 기다리는 것이라고 일러 줍니다.

하루가 걸리기도 하고 며칠이 걸리기도 합니다.
사람들은 그 모습을 보기 위해 산에 오르지만
헛걸음을 하기도 합니다.
마차푸차레는 구름 속에서
아주 서서히
자신의 모습을 드러내면서
인생은 절대 서두르지 말라고,
이렇게 천천히 기다리는 것이라고 일러 줍니다.

산에 오르는 사람들은 정상을 향해 오릅니다.
인생도 저마다의 정상을 향해 갑니다.
산은 정상이라는 고지를 확실하게 알려 주기 때문에
사람들은 산을 좋아하나 봅니다.
인생은 정상이 어디인지 알 수 없습니다.
정상이라 생각했던 것이
무지개처럼 더 멀리 가 버리기 때문에
다시 정상을 쫓아갑니다.
그래서 인생의 정상은 아득하기만 합니다.
그 아득함이 욕심을 부르기도 합니다.

눈앞에 만년설이 펼쳐질 때마다

내가 걸어온 것 같지가 않습니다.
거대하고 웅장한 안나푸르나 만년설 앞에서
나는 정말로 개미만도 못한 인간으로 비춰집니다.
나는 왜 여기 있는가.
문득 돌아봅니다.

하찮은 일로 마음 상한 일, 미워했던 일, 남의 탓으로만 생각했던 일, 내 뜻대로 안 된다고 상대가 틀렸다는 생각으로 괴로워한 일들이 부끄럽게 여겨집니다.
누가 옳고 틀린 것이 아니라 서로가 다르다는 것뿐입니다.
내가 그동안 내 취향에 맞는 사람만 좋아하고
그렇지 않은 사람은 멀리하며 살았다는 걸 알았습니다.

오늘 나는 서로 다르다는 것을 인정하는데
수십 년이 걸렸다는 것을 깨닫습니다.
모든 걸 품을 수 있다는 오기를 내가 가지고 있었구나.
나는 아직도 이렇게 작구나.
만년설을 보려고 내가 이 산에 온 것이 아니라,
어리석은 나를 일깨워 주려고 안나푸르나가 나를 불렀구나.

만년설이 구름 속에서 천천히 자신의 모습을 드러내면서

보이지 않는 내 안의 적들을, 내 안의 더러운 것들을
하나씩 하나씩 끄집어내어 보여 줍니다.
화가 날 때는 상대가 어떠했는지 곱씹지 마라.
나 자신이 어땠는지 살펴라.
나는 얼마나 까다로운가.
상대가 나를 이해하려면 얼마나 힘들겠는가.
그런 나를 살펴라.
나 자신을 들여다보라. 나 자신을 알아차려라.
안나푸르나가 이렇게 나를 가르칩니다.

진리가 바람을 타고 세상 곳곳으로 퍼져 모든 중생들이 해탈에 이르라는 히말라야 사람들의 염원이 담겨져 있는 오색의 타르초가 펄럭이며 내게 와 닫습니다.
힘겹게 걸어온 산들이 발아래 있습니다.
그 길이 있었기에 내가 지금 여기 서 있는 것,
그 또한 내가 힘들게 걸어온 길이기에
발아래 있다고 가볍게 여기지 말라고
산은 또 나를 가르칩니다.

4,000m 고지부터는 호흡이 가빠지면서
다리가 말을 듣지 않습니다.

CENTER

내 걸음이 산을 오르는 것인지,

산이 내 발아래로 내려가는 것인지 감이 오지 않습니다.

싸워야 할 대상은 이 안나푸르나가 아니라

내 자신임을 깨닫습니다.

내 자신과의 싸움입니다.

안나푸르나는 한 걸음 한 걸음이 희망이라는 사실을

일깨워 줍니다.

앞으로 나아간다는 것은 희망이 있기 때문이므로

희망을 찾아가는 법 또한 깨닫게 해 줍니다.

안나푸르나에 가면 만년설이 말없이 일러 줍니다.

정상에 오르기 위해서도, 무엇을 보기 위해서도 아니라,

사람을 깨닫기 위해 오른다는 것을.

나무에게 들키다

집 앞 화단에 서 있는 그 나무는,

가지를 있는 대로 뻗어 놓고

내가 방으로 가거나 거실로 가거나

늘 따라다녀 나를 성가시게 합니다.

내가 그 나무를 따라다니는 건지

나무가 나를 따라다니는 건지,

눈만 뜨면 하루에도 수십 번씩

나를 불러내어 눈도장을 찍게 합니다.

심사를 건드리는 그 나무가 자꾸만 신경이 쓰여서

나무를 피해 숨어 보기도 하지만

나는 이내 그 나무가 궁금해져서 나무 곁으로 가 있곤 합니다.

나무는 자리를 뜨지 않고도 나에게 다가와
웃게도 하고 울게도 하고
설레게도 합니다.

나무의 꽃빛이 햇살과 어떤 내통을 하길래 그리 눈부실 수 있는지요.

사람들 틈에서 부대끼다 마음이 무거워
창밖으로 마음을 던져 놓으면
거기, 나보다 더 외롭게 서 있는 그 나무가,
괜찮아, 괜찮아,
내 마음인지 제 마음인지 모를 위로를 하곤 합니다.
그래서 습관처럼 아침에 눈을 뜨면
으레 그 나무에게로 마음의 산책을 가곤 합니다.

그러던 그 나무가 봄기운을 받으면서부터
연분홍 꽃을 달기 시작합니다.
살구꽃입니다. 너 살구나무였구나.
그 나무에게 이름을 달아 줍니다.
살구꽃이 눈부시게 만발합니다.
환하게 등불처럼 꽃을 밝히고 있는 나무를
힐끔거리며 피해 다닙니다.
마음이 부시어 차마 마주 바라볼 수가 없기 때문입니다.
나무의 꽃빛이 햇살과 어떤 내통을 하길래
그리 눈부실 수 있는지요.
그렇게 나무는 자리를 뜨지 않고도 나에게 다가와
웃게도 하고 울게도 하고
설레게도 합니다.

봄비가 내리고 그 나무가 옷 갈이를 하기 시작합니다.
새로운 탄생을 위해 과감히 꽃잎을 떨구는
나무의 용기를 가슴 아프게 지켜봅니다.
그러던 어느 날부터 잎이 무성해지더니
시야를 가리기 시작합니다.
꽃 빛이 등불처럼 밝혀 줄 때는 몰랐는데
무성한 나뭇가지가 시야를 가리니 갑자기 답답해집니다.
그래서 가지치기를 하려고 합니다.
막상 가지치기를 하려니까,
여름에 주렁주렁 매달릴 살구 열매가 탐이 납니다.

항상 나를 지켜 주는 것 같아 든든하기도 하고,
외로울 때 벗이 되어 주기도 하고,
그저 곁에 있다는 것만으로도 위안이 되는 그 나무가
매 순간 궁금해집니다.
그래서 매일 그 나무와 마주하고 서 있을 때가 많아졌는데,
그럴 때마다
나무가 이기적인 내 속을 들여다보는 것 같습니다.

열매 때문에, 아니 욕심 때문에, 속물이 된 나는
새로운 고민에 빠지게 됩니다.

거기, 나보다 더 외롭게 서 있는 그 나무가
괜찮아, 괜찮아,
내 마음인지 제 마음인지 모를 위로를 하곤 합니다.

가지치기를 하자니 그 많은 열매가 아깝고,

안 하자니 나무가 내 속을 훤히 들여다보고

비웃는 것 같아서 말입니다.

나무보다 자유로운 내가

한번도 그 자리를 떠나 본 적 없는 그 나무에게

속내를 들키고 나무보다 더 꼼짝할 수 없게 되었으니.

그놈의 욕심 때문에 말입니다.

시간이 공존하는 곳

긴 꿈을 꾸었습니다.

사람들은 어딘가를 향해 달려가고 있었습니다.

정상을 향해서, 또는 꿈을 향해서 달리는 것 같았습니다.

사람들은 정상이 어딘지 알고 달려가는 것일까

궁금했습니다.

아니 나만 모르고 있는 것 같아서 불안했습니다.

나만 머물러 있는 것 같았습니다.

나도 달려야 할 것 같았습니다.

하지만 아무리 달려도 제자리걸음만 하고 있었습니다.

나는 늘 그 자리였습니다.

다시 날아 보려고 버둥거렸습니다.

몸이 말을 듣지 않았습니다.

가슴이 답답했습니다.

눈을 떴습니다. 비행기 안이었습니다.

나는 히말라야 위를 날고 있었습니다.

네팔의 첫 인상은 제자리에만 있던 내 모습을 닮아 있었습니다. 중세의 어느 시점에 머물러 있는 것 같았습니다. 고향에 온 것 같았습니다. 네팔의 수도인 카트만두 시내는 무질서했습니다. 거리는 뿌연 매연으로 가득했습니다. 하지만, 무질서 속에 그들만의 질서가 공존하고 있다는 걸 알 수 있었습니다.

어릴 적 내 고향에 신작로가 있었습니다.
버스가 지나가면 아이들은 버스 꽁무니를 따라 달렸습니다.
버스는 뿌연 먼지를 풀풀 뿌려 대며 달아났습니다.
아이들은 그 먼지를 마시며
멀리 달아나는 버스를 망연자실 바라보았습니다.
나는 언제쯤 버스를 따라잡을 수 있을까
그런 생각을 하며 자랐습니다.

멀리 히말라야 만년설을 뒤로하고 자리한
박타푸르에 있던 날,
코가 누렇게 말라 있는 네팔의 아이가
캔디를 달라고 손을 내밀어 왔습니다.
어릴 적 내 모습이 보였습니다.
흙투성이 얼굴인 내게

미군 아저씨가 불쌍하다며 초콜릿을 건넸을 것입니다.
그때의 나는 결코 불쌍하지 않았습니다.
네팔의 아이들도 그러하리라.

박타푸르는 옛 도시로, 도시 전체가 유적지이며, 조각의 도시로 유명합니다. 구시가지 전체가 유네스코 세계문화유산으로 등재되어 있었습니다. 고대 말라 왕조 시절의 아름다운 건축물과 중세의 정취가 가장 많이 남아 있는 곳입니다. 중세 도시의 고즈넉함이 그대로 남아 있어 옛 문화의 향기가 느껴졌습니다. 검붉은 벽돌 건물과 목조 건물들이 늘어서 있는 오래된 골목이 미로처럼 펼쳐졌습니다.

골목의 어디쯤에서
어린 날의 내 모습이 툭 튀어나올 것만 같았습니다.

어렸을 적 내 고향에는 잡고 싶은 것들이 많았습니다.
앞산에 걸린 무지개를 잡으러 다니기도 하고,
겨울 산에 토끼를 잡으러 다니기도 했습니다.
하지만 내가 잡은 것은 아무것도 없었습니다.
나는 언제나 빈손이었습니다.
아무것도 없는 빈손이었는데도, 나는 행복했습니다.
돌아보면 그때가 내 인생의 황금기였습니다.

지금 나는 뭔가 무겁고 지저분한 것들을
손에 가득 움켜쥐고 있었습니다.

네팔의 모든 건축물에는 귀포와 기둥 등에 틈이 보이지 않을 정도로 아름다운 조각들이 새겨져 있었습니다. 섬세하고 아름다운 문양은 보는 이로 하여금 건축물 속으로 흠뻑 빠져들게 했습니다.

더르바르 광장에는 저녁때가 되면 시장이 열리는데, 그곳에서 네팔리들의 삶이 쏟아져 펼쳐지는 장광을 볼 수 있었습니다. 텅 비어 있던 광장 바닥은 수십 가지의 야채와 관광 상품들, 그리고 수많은 사람들로 가득 메워졌습니다.

사원의 탑단에 걸터앉아서 그들의 삶을 구경하고 있노라니,
풍족하지만 풍족한 것을 느끼지 못하고
살아가고 있는 내가 보였습니다.
나는 늘 부족하다며 세상에 투정을 부리고 있었던 것입니다.
오래도록 그들을 지켜보는 동안,
움켜쥐고 있던 어떤 것들이
슬그머니 빠져나가는 것이 느껴졌습니다.

그들과 내가 서로를 보살피고 있다는 느낌이 들었습니다.

때로는 사소한 것이 얼마나 큰 위로를 주는지를

나는 깨닫고 있었습니다.

NEW
STORE

시련을 넘어온 도시와 삶이 휴식처럼 머물고 있는 도시, 박타푸르. 중세의 찬란했던 그 시대에 머물러 있지만 결코 머물러만 있지 않은 도시였습니다.

그들이 전해 주는 신비한 중세의 힘이
내 인생의 황금기를 추억하게 했습니다.
살다가 외로워진다거나 쓸쓸해질 때
한 번씩 꺼내 보면 힘이 되는 것,
아무것도 없는 빈손을 펼쳐 보았을 때
나에게만 보이는 내 인생의 무릉도원.
내 인생의 황금기는
가끔씩 선물처럼 펼쳐 보고 싶은 보물입니다.
네팔은 나를 과거로 이어 줌으로써
나를 다시 깨어나게 했습니다.
가끔은 어디엔가 숨어 있을 꿈의 무릉도원을 찾아서
가슴 설레는 해방감을 느껴 볼 일입니다.

고요함이 거울처럼 나를 비춰 줍니다.

고요에 이르다

고요함,

그 속에는 평온이 있습니다.

나는 평온을 찾아내는 방법을 알기 위해 그곳에 있습니다.

세계에서 가장 아름다운 건축물 중의 하나인 인도 델리에 있는 연꽃사원.

전체 스물일곱 개의 연꽃잎이 반쯤 핀 모습을 하고 있는 이 사원은 아홉 개의 연못으로 둘러싸여 있어서 마치 물 위에 떠 있는 연꽃처럼 보입니다.

영겁의 세월 동안

진창에서 피어나는 순수함을 상징한다고 합니다.

수행자들의 명상의 피난처인 이 사원에서는
하루 네 번의 기도 시간이 있습니다.
그들은 자신의 신앙에 맞게 기도합니다.
꼭 지켜야 할 것은 침묵입니다.

기도를 하기 위해 긴 의자의 중간쯤에 앉습니다.
웅장하면서도 고요한 침묵에 귀를 기울이는 것이
나의 기도입니다.
침묵이 나를 어딘가로 이끌어 갑니다.
열등감, 부정적인 면들이
나와 상관없는 것처럼 무의식에 들어앉아서
때때로 상처와 고통의 모습으로 나를 괴롭히곤 합니다.

나의 기도는 고통이 우리 모두의 출발점이라는 사실을
인식하기 시작합니다.
고통을 피하는 방법은 스스로를 믿고 내면을 들여다보는 것이라고 붓다는 가르칩니다. 그리하여 기도는 나의 내면과 만나게 하여 깨달음으로 인도합니다.

내 안에 항상 존재하고 있었지만
인식하지 못한 것들을 깨달아 갑니다.

기도 속에서,

타인의 눈을 통해 나를 인식하려 하기 때문에

불안해 하고 갈등하며 괴로워하는 내가 보입니다.

남을 의식하고 남과 비교하면서 불행해 하는 나를 느낍니다.

결국 고통은 욕망 때문이라는 걸 깨닫습니다.

나의 기도는 감추고 싶고 거스르려 했던

무의식과 만나기 위한 통로였습니다.

내가 홀대했던 가슴 언저리에서 영혼의 메아리가 울려 옵니다.

높이 35m의 이 사원은 가장 중심부 봉우리 끝의 공간을 통해 빛이 잘 들어갈 수 있도록 설계되어 있다고 합니다.

몇 천 년의 시간과 총면적 105,000m^2의 공간만이 존재하는 이 사원 안.

가만히 앉아 있기만 해도 기도가 되어서

그곳에 오래 있고 싶은 유혹이 기도이기도 합니다.

바닥에는 긴 의자들만 나열해 있고 그 의자에는 세계 각지에서 오는 수많은 사람들의 영혼이 앉았다 갑니다.

공기처럼 사원을 가득 메우고 있는

고요의 움직임이 느껴집니다.

고요가 강물처럼 흘러가기도 하고

스물일곱 개의 연꽃잎이 반쯤 핀 모습을 하고 있는 이 사원은
영겁의 세월 동안 진창에서 피어나는 순수함을 상징합니다.

시간을 정지해 놓기도 합니다.
고요는 샘물처럼 맑은 영혼을 자꾸 만들어 냅니다.
맑은 샘물을 들여다보듯 고요를 들여다봅니다.
고요함이 거울처럼 나를 비춰 줍니다.

나를 더욱 자세히 들여다보기 위해
고요 속에 영혼을 담급니다.
그리고 그 영혼의 샘물을 규칙적인 호흡과 함께
천천히 들이마십니다.
마음이 어떻게 어디로 흘러가는지 천천히 들여다봅니다.
그때 평화로움이 나의 영혼을 두드립니다.

고요함의 극치에 들어가면
그 자리에서 빛이 나온다고 합니다.
그 빛을 '대적광' 이라고 합니다.
그 빛을 만나기 위해
수행자들은 지금 고요로 목욕을 하는 중입니다.
미워하고 시기하면서 괴로워한 세속의 때를 벗는 과정입니다.

가끔씩 들고나는 사람들로 인해 고요의 수면이 일렁거릴 때도 있지만 그들은 사원 안에 고여 있는 침묵이 영혼을 깨울 때까지 고요에 이릅니다.

산길에서 느림을 배우다

산길을 밝히려고

노란 단풍잎들이 떨어져 온몸으로 길을 내줍니다.

굽은 뿌리를 차가운 바닥에 누이고 있을 계수나무 생각에

단풍잎을 피해 길을 밟습니다.

산은 한창 가을빛으로 가득합니다.

나무들이 진통을 시작하는지

골짜기마다 낮은 비명 소리 빨갛게 흐드러지고요.

단풍잎이 길을 찾기 위해

공중에서 부지런히 곡예를 합니다.

낙엽은 얼마나 깊은 시간을 발화해야

다시 나무에게로 돌아갈까요.

단풍잎이 깔아 준 융단 위에 첫 발자국을 찍으며
나는 새로운 기분을 느낍니다.
처음 발자국을 내는 일이라니요.
낙엽 위에도,
돌 위에도,
솟아나온 나무등걸 위에도
새롭게 발자국을 찍습니다.
발자국이 쌓여 길이 되고,
길은 또 다른 발자국을 부를 터이니.
처음 산길을 낸 이의 마음도 이러했을까요.

얼마쯤 갔을까요.
갈림길에 서서 이정표에게 길을 묻습니다.
아직 가 보지 않은 그곳에 길을 내기 위해
'물음' 을 앞세웁니다.
새로운 길을 가기 위한 최초의 발걸음은 '물음' 이 아닐까요.
사방으로 놓여 있는 길.
산길은 어디든 하나로 열려 있을 텐데, 물음이라니요.
습관적으로 마음이 바쁜 탓이겠지요.
그런 나를 질책하기라도 하듯 느리게 오르라고
산길은 더욱 가팔라집니다.

너무 빨리 달리는 그대 잠시,

멈춰 보세요.

발길을 잡는 나무뿌리에게

등을 구부려 가만히 손을 내밀어 보세요.

뿌리를 내밀기까지 갈등했을

나무의 외로움이 만져지나요.

너무 빨리 달리다 놓쳐 버린 것들

무심코 꺾은 나뭇가지며

이름이 없다고 아무렇게 밟고 지난 풀잎이며

죄도 없는데 차 버린 돌멩이 하나까지의

미안함이

쉼 속으로 들어오나요.

미움과 용서가 먼 길을 걸어와

서로 제자리를 찾아가는

소리 들리나요.

미움과 용서가 먼 길을 걸어와
서로 제자리를 찾아가는
소리 들리나요.

'우리가 어디로 가고 있는지 알 수 없기 때문에 서둘러 갈 필요가 없다.' 는 인도의 철학이 떠오릅니다. 우리는 결국 죽음으로 향해 가고 있습니다. 그러니 빨리 갈 필요가 없다는 것이겠지요.

"아직 멀었어요? 우리 택시 타고 가요. 힘들어요."
아이의 숨이 가쁜 응석 소리에 산이 웃습니다.
산길은 천천히 가라고 구부려 주는 배려도 잊지 않네요.
길을 따라 나도 허리를 굽힙니다.
삶의 어두운 구석구석을 헤아려 보라는 듯
산이 저들의 속을 속속들이 다 보여 줍니다.

인디언들은 빨리 가면 그들의 영혼이 따라오지 못할까 봐
한 번씩 돌아보면서 쉬어 간다고 하지 않던가요.
나뭇가지가, 때로는 풀잎이
간간이 발길을 붙드는 이유입니다.
반복되는 만남과 이별의 정거장 같은 갈림길에서
잠시 서서 한 호흡을 내려놓습니다.
미움과 슬픔 같은 불편한 마음들이
제자리를 찾아가도록
깊은 호흡으로 길을 열어 줍니다.

가파른 길을 오릅니다.
마음은 달려가고 싶은데 다리가 따라 주지 않습니다.
급히 오르면 탈이 나듯이,
인생도 십 년에 이룰 일을 일 년 안에 이루고 싶어
조급해 할 때가 있습니다.
그럴 때일수록 심호흡을 하면서
한 발 한 발 천천히 올라야 지치지 않는다는 가르침도
산길을 오르면서 깨닫습니다.

하얗게 널려 핀
쑥부쟁이며 꽃향유, 물봉선화 등의 가을꽃과
상수리나무, 신갈나무, 단풍나무 등등이
서로 저들을 발견해 달라고 아우성입니다.
그들도 길을 가느라 분주합니다.
길은 또 걸은 만큼의 노고를 보답해 줍니다.
공기가 바람의 온도를 재며
나뭇잎을 물들이고 있는 그 우연한 장면과 마주합니다.
가을과 산길과 내가 서로서로를 보살피는 시간들입니다.

뒤를 돌아보면 지나온 길은 길 굽이 너머로 사라집니다.
내가 스친 나무들과 그 길들은 기억 어딘가에 남을 것입니다.

산은 넉넉하여 발길이 닿는 대로
다시 순순히 저들의 길을 내어 줍니다.
오랜 시간 동안 발자국이 더해져 길을 키워 주었음을
아는 까닭에.
길은 당연히 내 발자국을 기억할 것임으로.

한번도 신나게 달려 보지 못했을 울퉁불퉁 휘어진 산길.
뼈 마디마디 늙어 갔을 굴곡 많은 어느 삶의 등 같은 길을
나는 성큼성큼 발자국을 찍으며 내려옵니다.

미소를 발견하다

삶은 만남입니다.

보고 듣고 느끼는 모든 것들과의 만남.

불교에서는 그 모든 것이 인연에 의해서 만나진다고 합니다.

살다가 어느 순간 만남을 발견하게 되면

어떤 깨달음이 옵니다.

나에게 불상의 만남은 그런 발견 중의 하나입니다.

나는 평소에 불상 관람하는 걸 좋아합니다.

사찰에 가서 불상을 만나면

넋을 잃고 올려다보는 버릇이 있습니다.

어리석은 중생이 감히 올려다볼 수 없을 정도로

높은 경지에 이른 불상의 미소 때문입니다.
천의 생각이 있는가 하면
하나의 생각도 없는 듯한 미소를 보면서,
한 치 앞도 보지 못하고 번민하고 있는 내 모습을
돌아보게 됩니다.
아마 나는 그런 불상의 미소를 훔쳐보면서
순간순간 감히 그런 미소를 닮고 싶은지도 모르겠습니다.
그래서 불상을 올려다볼 때마다
그런 미소를 닮아 갈 수 있는 삶이 되기를 기도합니다.

얼굴은 그 사람의 삶을 반영한다고 합니다.
마음이 얼굴을 빚는다고 하지요.
삶이 내면에서 우러나와 얼굴에 비춰지는 것이
그 사람의 향기입니다.
그 향기가 그 사람의 미소를 빚는 것입니다.
링컨은 '나이 사십이 되면 자신의 얼굴에 책임져야 한다.'고 했습니다. 나도 생의 중반쯤에서 돌아봅니다. 오히려 더 움켜쥐고 더 비우지 못하고 있는 건 아닌지요. 더 욕심을 채우려고 더 조급해 하는 것은 아닌지요. 그래서 더욱 부처의 미소를 그리워하는지도 모릅니다.

넉넉할 줄을 알면 항상 풍족하다고 합니다.
욕심이란 넘쳐도 넘치는 줄을 모르니까요.
부족하다고 계속 채우려고만 하기 때문입니다.
그래서 욕심이라지요. 그래서 비우지 못하는 것이라고요.
넘치고 있는 것은 욕심일 뿐이라고요.
삶이 욕심으로 가득하다는 걸
부처의 미소를 보면서 깨닫습니다.

욕심을 비워야 새로운 것이 채워진다는 사실을
모르고 살았습니다.
욕심이 나에게 주는 것보다 빼앗아 가는 것이
더 많다는 사실을 잊고 살았습니다.

인도의 법구경에 보면, '녹은 쇠에서 생긴 것인데, 점점 그 쇠를 먹어 버린다.' 라는 말이 있습니다. 행복하기 위해서 욕심을 부리면, 점점 그 욕심이 행복을 삼켜 버린다고요. 내가 아직도 그 미소를 가지지 못하는 것은 마음에 그러한 욕심의 녹이 슬었기 때문이었습니다.

가끔 마음이 힘들 때,
슬며시 그 미소를 꺼내어 떠올려 보곤 합니다.
그럴 때마다 욕심을 내려놓게 되고, 화도 내려놓게 됩니다.

스스로 깨닫고 남으로 하여금 깨닫게 하라는
부처의 진리가 그 미소에 있습니다.
줄수록 샘솟는다는 부처의 깊은 섭리가
미소 속에 있음을 깨닫습니다.

부처의 미소는 우리가 셈할 수 없는 영원 속에 존재합니다.
우리가 가늠할 수 없는 내적 세계에 있습니다.
어지러운 세상에 지칠 때면,
그 미소를 찾아가 세상의 소음이 묵묵한 향기에 녹아드는 그 미소에 가슴을 기울일 것입니다. 그리하여, 세상과 얽혀 있는 마음을 내려놓고 미소와 만나게 되기를,
억만 분의 일이라도 그 미소를 닮을 수 있기를 기도합니다.

다 알고 있는 듯한 오묘한 미소,
다 내려놓은 듯 편안한 미소,
편안함도 자비도, 인자함도 형상이 있다면
그런 모습이지 않을까요.
그 미소에 어찌 무어라 이름 지을 수 있겠습니까.
미소는 애써 지어 보이려는 것이 아니라,
우러나 보여지는 것을.

마음이 얼굴을 빚는다고 하지요.

내면에서 우러나와 얼굴에 비춰지는 것이 그 사람의 향기입니다.

마음으로 읽다

무질서의 삶처럼 보이는 혼돈의 도시. 그러나 절대 질서가 공존하는 곳. 바라나시.

신호등 하나 없는 거리. 차선은 오로지 한 줄 중앙선만 폼으로 그어져 있는데 누구 하나 굳이 지키려 하지 않습니다. 그들은 도로에 한번 들어서면 멈추는 법이 없어 보입니다. 멈추지 않고 멈춰 있는 도시.

도로를 꽉 메우는 것이 경적 소리입니다. 경적이 이들의 신호등 역할을 해 주는 것 같습니다. 그렇다고 그 소리를 듣고 지키는 사람은 거의 없습니다. 그럼에도 자동적으로 너나 할 것 없이 경적을 울려 댑니다.

도로는 아수라장처럼 보입니다. 그들은 사람이나 교통수단 할 것 없이 퍼즐처럼 맞춰서 아슬아슬하게 잘 피해 다닙니다. 곡예 그 자체입니다. 하지만 유심히 들여다보게 되면 그들은 결코 무법천지로 다니는 것이 아니란 걸 알게 됩니다. 아무리 빨리 달려도 사고가 일어나지 않기 때문입니다. 그들에겐 안전거리라는 것은 아예 존재하지 않습니다. 그럼에도 접촉사고는 거의 일어나지 않습니다. 그들은 그들만의 노하우로 리듬을 타면서 도로를 자유자재로 흘러 다닙니다. 그것이 그들의 안전거리라도 되는 것처럼. 정말 신기한 것은 그 속에 그들만의 질서가 녹아 있다는 것입니다.

신기하다 못해 신비로운 도로를 빠져나오면 갠지스강에 닿습니다.

인도인들을 가장 크게 지배하는 종교가 힌두교입니다. 매일 밤 힌두교인들은 갠지스강으로 모여듭니다. 그들의 제사인 뿌자를 드리기 위해서입니다.

갠지스강의 밤은 경악을 금치 못할 정도로 혼돈 그 자체입니다. 수많은 힌두교도들과 여기저기 자리 깔고 널브러져 있는 수많은 거지들과 1달러를 외치는 앵벌이들과 장사꾼들과 그 신비한 의식을 구경하러 온 세계 각국의 사람들과. 그리고 숨을 쉴 수 없을 정도의 매연과, 화장실이 따로 없는 바닥의

그들은 한마디도 하지 않았는데
수많은 소리들이 영혼을 울립니다.

지린내와. 그러나 그들은 그들만의 질서 속에서 고요히 그들의 의식을 거행합니다.

정신이 혼란스러울 정도의 무질서 속을 가만히 들여다보면 그 속에 고요한 신비가 있을 것만 같습니다. 그 신비스러움이 궁금해지기 시작합니다. 얼마나 깊어야 바라나시를 이해할 수 있을까요.

힌두교도들은 시바신을 섬깁니다. 그들의 시바신은 네팔에 있는 히말라야산에 산다고 믿습니다. 갠지스 강물은 히말라야에서 발원하여 바라나시를 거쳐 인도의 동부로 흐르는 2500km의 물줄기입니다. 힌두교도들에게 그 물은 시바신이요, 영적인 힘이요, 그래서 성스러운 강입니다. 그들은 그 물을 신성시 여김으로써 시바신께 이른다고 믿습니다. 그래서 그들은 그 강물에서 시체를 태우고 그 강물에 목욕을 하고 그 물에서 빨래를 하고 그 물을 마십니다. 그렇게 함으로써 죄가 없어지고 죄가 없어지면 다음 생에는 더 나은 카스트로 태어난다고 믿기 때문입니다.

인도에는 카스트라는 신분제도가 있습니다. 한번 그 카스트로 태어나면 평생 그 카스트로 살아야 합니다. 빨래하는 카스트로 태어나면 평생 빨래만 하고 살다가 죽습니다. 살아서는

그 카스트를 벗어날 수 없습니다. 그들은 이생에서 죄를 씻으면 죽어서 다시 태어날 때는 더 나은 카스트로 태어난다고 믿습니다. 그래서 매일 밤마다 이곳 갠지스강에 와서 뿌자를 드리며 죄를 씻는 것입니다.

갠지스강에 서 있자니,
생의 우여곡절을 힘겹게 지나와
겨우 한 호흡을 고르고 있는 내가 보입니다.
갠지스강 가에서는 뿌자를 돋우는 북소리와
피리 소리만이 정적을 깨우고.
비로소 거기에 있는 나를 발견합니다.

더럽고 지저분하고 무질서한 인도를 보면 볼수록
그 모습이 그들의 모습이 아니라
내 모습의 투사처럼 보입니다.
그리하여 지저분하고 더러운 그들이
오히려 말없이 내 마음을 청소해 주고 있습니다.
그들은 나에게 한마디도 하지 않았는데
수많은 소리들이 영혼을 울립니다.

마음을 뻗으면 뭔가 잡힐 것만 같은

알 수 없는 힘이 나를 유혹합니다.

나는 내가 가진 욕심들을 갠지스강에 가만히 내려놓습니다.

멈춰 있으면서 결코 멈춰 있지 않은 나라 인도.

인도는 눈으로 보는 게 아니라

마음으로 읽는 곳이라는 걸

여기 바라나시에 와서야 깨닫습니다.

지금,
내 안에 있는
나에게

part 2

가령,
너의 지도가 되어 줄게

행복은 작은 순간들 속에 있다

타르사막에 가면 주먹만한 별들이
폭설처럼 쏟아져 내려온다고 합니다.
주먹만한 별들을 주워 오려고
마음에 뜨거운 주머니를 잔뜩 달고 갑니다.
그 별을 보려고 열일곱 시간 동안 침대 열차를 탑니다.
열일곱 시간 끝에 드디어 타르사막에 도착합니다.
하지만 주먹만한 별들이 사는 사막까지
다시 낙타를 타고 들어가야 합니다.
늙은 낙타의 인상은 고통도 늙어 보입니다.

그날 밤. 타르사막엔 어둠과 추위뿐,

별은 나타나지 않습니다.

주먹만한 별은 어디 있는 거야?

들뜬 나의 주머니가 보채기 시작합니다.

그때, 그녀가 주머니 속으로 들어옵니다.

그녀는 전직이 의사였다고 합니다. 그녀와 동행 중인 그녀의 아들은 스물여덟 살이고, 자폐증을 앓고 있었습니다. 그녀는 항상 밝게 웃습니다. 아들이 한바탕씩 발작을 일으켜 주위를 놀라게 할 때마다 그녀는 아들의 아픔을 먼저 헤아립니다. 여행 내내 아들 곁을 한시도 떠나지 않고 아들과 눈을 맞추며 이야기와 노래를 번갈아 들려줍니다.

그녀의 온 삶이 그러했을 것입니다. 그녀는 28년 동안 아들과 일체가 되어 온 삶을 불사르며 살아왔을 것입니다. 그럼에도 그녀는 언제나 달처럼 환하게 웃습니다. 사막의 모래알이 마모되기까지의 세월이 아픔으로 전해져 옵니다. 그녀의 아픔이 눈물이 되어 그칠 줄 모르고 흘러내립니다. 나의 눈물이 그녀에게 전해졌는지, 그녀가 말합니다. 28년이라는 생의 아픈 체중이 눈 녹듯 녹아내린다고요.

그녀를 보면서 내 삶은 어떤 빛깔일까 돌아봅니다.

내 자신을 희생해서까지

언제나 그런 희망을 만나기 위해 아침에 눈을 뜹니다.
희망은 내가 발견하는 작은 순간들 속에 있기 때문입니다.

다른 이의 삶을 헤아릴 줄 몰랐습니다.
그렇게 살아온 내 삶의 빛깔은
부끄러움으로 가득 차 보입니다.
막달라 마리아는
사랑과 고통이 같은 의미를 지니고 있다는 것을
예수가 죽은 날 비로소 알았다고 합니다.
사랑과 고통이 같은 의미를 지니고 있다는 것을
그녀가 몸소 보여 줍니다.
그녀는 어떤 세월 속에서도
시들거나 허물어지지 않는 영혼을 지니고 있습니다.

사막이 어둠을 품어 별을 낳고 있는 것을 봅니다.
그녀의 삶이 타르사막의 주먹만한 별이 되어
찬란하고 성스럽게 빛납니다.
어머니는 정말로 위대합니다. 나는 진정 어머니인가.
그녀의 성스러운 별이 밝게 빛나며
부끄러운 내 모습을 비춥니다.
나는 그 별을 조심스럽게 가슴에 넣습니다.
그 별이 너무 뜨거워서 자꾸만 뜨거운 눈물이 흘러내립니다.

서로가 서로에게 빛을 내어 주어

막달라 마리아는 사랑과 고통이 같은 의미를 지니고 있다는 것을
예수가 죽은 날 비로소 알았다고 합니다.

서로를 빛나게 한다는 별들처럼
어둠에 갇혀 빛이 될 수 없었던
나의 어느 날들이 빛나기 시작합니다.
이 별을 만나기 위해 그 머나먼 길을 달려온 것이었습니다.
그녀의 눈에서도 눈물이 별처럼 반짝입니다.
반짝이는 눈물이 사막의 오아시스처럼 볼을 타고 흐릅니다.

수많은 사람들을 실어 나르는 낙타의 등에서
아픔 하나가 내려지는 것을 봅니다.
그 아픔은 수백만 광년의 우주를 지나서
나에게 와서 빛이 됩니다.
타르사막에서
세상보다 크게 차오르는 달 같은 희망을 만난 것입니다.

그녀는 나에게 와서
인생의 길잡이별이 되어 희망을 밝혀 주었습니다.
나는 언제나 그런 희망을 만나기 위해 아침에 눈을 뜹니다.
희망은 내가 발견하는 작은 순간들 속에 있기 때문입니다.

지금 나는 어디에 있는가

별똥별이 하늘에 밑줄을 그으며
떨어진 것을 본 기억 때문에 불현듯 그곳으로 향합니다.

빛나던 탄광 시절에서 기억이 멈춰 버린 태백의 삼방동 마을. 처음 삼방동을 찾았을 때 마을은 한순간 빛나다가 작렬이 전사하는 별똥별의 모습을 하고 있었습니다. 칠팔십 년대 찬란했던 탄광 시절을 떠나지 못하고 여전히 그림처럼 그때의 모습을 간직하고 있었습니다.

낡고 허름한 판잣집들을 사이에 두고 있는 골목은
두 사람이 겨우 왕래할 수 있을 정도로 좁습니다.
이 좁은 골목에 들어서면 골목마다 끝이 보입니다.

골목과 이마를 맞댄 낮은 처마 밑에서
누군가의 엄마는 엄마가 그리워 울었고,
누군가는 배가 고프도록 사랑을 했습니다.

막다른 길인가 싶으면
숨바꼭질처럼 또 다른 골목이 나타납니다.
삶의 막다른 한 고비 한 고비를 넘어온
탄광촌 사람들처럼 골목은 미로입니다.

미로처럼 이어지는 골목을 돌다 보면
다시 제자리에 서 있곤 하는 나를 발견하게 됩니다.
바글바글 북적되던 사람들이
문명 속으로 떠나고 없는 텅 빈 현실 속에 갇혀서
길을 잃고 헤매는 나를 봅니다.

삼방동 산동네에서 미로를 지혜롭게 빠져나올 수 있는 방법은 그리스신화에 나오는 아리아드네의 실타래를 풀어야 합니다.

그것은 삼방동 사람들의 역사를 이해하는 것입니다.
수수께끼를 품고 있는 골목의 삶을 읽어 나가는 것입니다.
광산 근로자들의 생활상과 애환을 그린 벽화가
길을 인도해 줍니다.

석탄 산업이 호황을 누리던 시절, 광부의 직업이 최고의 주가를 달리고, '지나가는 개도 1만 원짜리 지폐를 물고 다녔다.' 는 말이 회자될 정도로 번성했던 시절. 이제는 옛말이 되어 버린

한 때입니다. 마을 안팎으로 북적되던 시절을 뒤로하고 인기척도 들리지 않는 적막한 산비탈에 기대 있는 무채색 마을.

골목과 이마를 맞댄 낮은 처마 밑에서
누군가의 엄마는 엄마가 그리워 울었고,
누군가는 배가 고프도록 사랑을 했습니다.
누군가를 버린 사랑은 이 산동네까지 올라왔다가 내려가고,
누군가가 버린 사랑은
얄팍한 성냥갑 집처럼 위태로웠습니다.
여섯 평의 작은 방에 옹기종기 꿈을 키웠고,
부푼 꿈을 가지고 먼 길을 떠났던 누군가는
꿈도 잃고 방황하다가 다시 돌아오곤 했습니다.

이름도 없이 빛나던 별똥별의 일생처럼
한때를 주름잡았던 곳,
하지만 찬란했던 시절은 세상의 소음이 되었습니다.
'이 건널목에서 나의 기억은 멈췄다.'
마을의 맞은편에 있는 철암역 벽화에 쓰인
어느 주민의 탄식이 가슴을 훑고 지나갑니다.
그들은 더 이상 건널 수 없는 기억이 되어 버린 시절을 안고
골목을 쓸고 살아갑니다.

그들이 쏟았던 그때 그 열정은 어디로 갔을까요.
어디로 가서 무엇이 되었을까요.
현실과 과거가 공존하는 그곳에서 잠시 생각에 잠깁니다.
'지금 나는 어디에 있는가.'

막혀 있는 것 같지만 굽이굽이 막힘이 없는 이곳은
모든 가능성이 열려 있는 카오스처럼 보이기도 합니다.

골목에 나와 있는 연탄재가 스러져 가면서 노래합니다.
그래도 찬란했던 한 시절의 추억은 따뜻했노라고.
산동네의 지도가 되기 위해
골목은 언제나 따뜻했던 시절을 기억합니다.

이곳에서 던져 주는 삶의 파편들,
나를 채찍 하는 무수한 언어들이
별똥별처럼 밑줄을 긋습니다.
이곳에서는 문명의 편안함과 자유로움까지도 내려놓고
오직 그들의 삶을 볼 일입니다.

자연 속에 살지만 자연과 살기보다는,
꾸역꾸역 이어 가는 하루하루에 기댄 사람들.
그들이 쏟았던 그때 그 열정은 어디로 갔을까요.
어디로 가서 무엇이 되었을까요.
현실과 과거가 공존하는 그곳에서 잠시 생각에 잠깁니다.
'지금 나는 어디에 있는가.'

시간을 사다

강화 교동도 대룡시장은 그 흔한 이정표도 없습니다.
그냥 길을 걷다가 잠시 머무르고 싶은 여유로운 마음이
이정표라고나 할까요.
마음의 쉼을 잠깐 부리고 싶어
골목을 찾아들면 그곳이 시장입니다.

시장을 찾아 이리저리 두리번거리다 보면,
주변에 논과 밭으로 둘러싸여 있는 곳,
가게 같기도 하고 주택 같기도 한 건물이 몇 채 모여 있는 곳,
마을이라기보다는
설치미술 전시장 같기도 한 곳에 발이 멈춰집니다.

길을 물어볼 사람도 보이지 않고,
시장이라고 느껴지는 가게들도 보이지 않습니다.

어디선가 생텍쥐페리의 어린왕자가 나타나서,
'마음으로 보아야 가장 잘 보인다.' 는 말을
해 줄 것만 같습니다.
가만히 작은 골목으로 들어가 봅니다.
밖에서 볼 땐 시골집 작은 골목처럼 보였는데,
막상 골목에 들어서니 미로처럼
사방으로 가게들이 들어서 있습니다.

최초의 우주정거장이 불시착해 둥지를 튼 것 같은 미로.
시간이 멈추어 버린 60년대 모습들.
20세기가 21세기에게 말을 걸어옵니다.
가게 안을 들여다보니
어디에 쓰는 물건인지도 모르는 옛날식 물건들이
진열되어 있습니다.
바쁘게 뛰어가느라고 놓친 것들이
그곳에 멈추어진 채 나를 바라보고
무엇인가를 전하고 있습니다.

가게들마다 주인이 없습니다.
그 빈 가게들이 파는 상품은 60년대 모습이랄까요.
그 모습을 사려고 도회지 사람들 몇몇이 신기하다며
이 골목 저 골목을 기웃거립니다.
가게 주인은 굳이 없어도 되는 상품을
가게 혼자서 팔고 있습니다.

골목의 어디쯤을 지나고 있을 때입니다. 열려 있는 가게의 문 사이로, 바닥에 서너 개의 앉은뱅이 시골밥상이 차려져 있는 모습이 눈에 뜨입니다. 음식점인가 하고 안을 기웃거리고 있는데, 아주머니 한 분이 차 한 잔을 권합니다. 일꾼들 밥상 차리고 있는 중이라고요. 키 낮은 슬레이트집은 밖에서 보기와는 다르게 안은 훨씬 넓습니다. 거실이 집 한 채만합니다. 이 골목 가게의 집들이 거의 그런 구조로 개조를 했다고 합니다.

고장난 우주정거장의 미로 속을
탐험하는 것처럼 재밌습니다.
주인아주머니가 내어 준 차와 과일을 먹으면서
아주머니가 들려주는 삶도 들여다봅니다.
농번기라 가게의 주인들은 밭으로 들로 나가고 없답니다.

여유로운 쉼의 발길에게 길을 물어 가야 닿는 곳

지나가는 여행객이 바구니에 들어 있는 상추를 사겠다고 하자,

아주머니는 상추를 덥석덥석 봉지에 담아

그냥 가져가라고 내밉니다.

시간을 가둬 놓은 가게들이

저 혼자서 삶의 여유를 팔고 있는 이유입니다.

60년대부터 지금까지 나름대로 그곳을 지켜 온 자존심은

그들의 그런 인심과 후덕함이 아닐까요.

그들이 진정 팔고 있는 상품은 그런 것이겠지요.

세상 뒤편에 멈춰 서서

바쁘게 뛰어가고 있는 속세를 조소하듯 바라보고 있는

강화 교동도 대룡시장.

여유로운 쉼의 발길에게 길을 물어 가야 닿는 곳,

교동도 대룡시장에서 멈추어진 시간도 얻고,

삶의 여유가 묻어나는 인정도 얻습니다.

나무서리꽃

춘천 소양호에 상고대가 핀다고 합니다.

상고대 사진을 찍기 위해 새벽 4시에 춘천으로 향합니다.

추워서 주머니난로도 단단히 챙겨 갑니다.

영하의 온도에서 안개 속에 있는 물방울이

나무와 만나서 꽃이 된다는 나무서리꽃, 상고대.

많은 사람들이 상고대 사진을 찍기 위해 모여듭니다.

아침 온도 영하 10도.

상고대는 피지 않았습니다.

물안개도 피어오르지 않았습니다.

영하임에도 불구하고, 나무는 축축하게 젖은 채로 있습니다.

꽃이 되기 위해 얼어붙어야 하는 나무가
서리꽃을 피울 수 없다고 합니다.
왜냐고 굳이 묻지 않았습니다.
그냥 그런 날도 있다더라. 살다 보면.
안타까움보다는 그냥 나무를 이해하기로 합니다.
대신,
새벽 4시와 추위와 주머니난로와 많은 사람들의 발시림이
상고대가 되기로 했습니다.

소양강에는 살얼음이 끼어 있습니다.
살얼음이 나를 강으로 불러들입니다.
살얼음 낀 강가를 걸으면서
물에 빠지지 않으려고 중심을 곧추세웁니다.
강의 살얼음은 발을 대기만 해도 쩡쩡 굉음을 지릅니다.
굉음 소리가 쩌렁쩌렁 강을 울립니다.
살아 있다는 신호 같습니다.
강이 내게 뭔가를 던져 주는 메시지 같기도 하고,
내가 찾고자 하는 어떤 해답 같기도 합니다.

살얼음이 유혹하듯 뽀얀 얼굴을 하고
나를 끌어당기고 있습니다.

발을 잘못 디디면 물에 빠질 수도 있을 만큼
살얼음이 위협적으로 다가옵니다.
사람들이 연신 조심하란 말을 던집니다.
나는 중심을 잡으려고 계속 버둥거립니다.

유혹적이지만 쉽게 깨지는 살얼음 같은 일들이
삶의 곳곳에 숨어 있다는 걸 발견해 봅니다.
쉽게 깨질 수 있는 것들이
더 요란스럽다는 것도 깨달아 봅니다.
강은 어떤 모습으로든
낮은 데로 흘러가는 강물의 속성을 보여 주기 위해
애쓰고 있습니다.

상고대를 보지 못한 화풀이를 하기라도 하듯.
나는 작은 돌멩이 하나를 집어 들어 강으로 던져 봅니다.
돌멩이가 얼음에 구멍만 살짝 내고는 튕겨져 나옵니다.
그리고 행여 살얼음이 깨질까 봐 살금살금 굴러갑니다.
돌멩이가 구르는 대로 눈 위에 길이 납니다.
얼음판 위에 꼬불꼬불 돌멩이 발자국이 찍힙니다.
돌멩이가 얼음판 위에 수를 놓으며 발자국을 남깁니다.
돌멩이가 발자국을 남긴다는 것을 처음 아는 순간입니다.

돌멩이가 구르는 대로 눈 위에 길이 납니다.
내게 뭔가를 던져 주는 메시지 같기도 하고,
내가 찾고자 하는 어떤 해답 같기도 합니다.

돌멩이도 뭔가 할 수 있다는 메시지 같습니다.

하찮은 돌멩이라고 아무렇게 던진 것이 미안해집니다.

하찮은 것 하나라도 소중히 해야 한다는 걸 교훈 삼아 봅니다.

돌멩이에게서 깨닫는 일이라니.

강의 겨우살이 모습을 훔쳐보는 것도 즐겁습니다.

내려놓아야 다다르는 곳

설악산 봉정암은 부처님 진신사리가 모셔져 있는 우리나라 오대 적멸보궁 중의 하나입니다. 봉정암으로 향하는 여섯 시간의 산행은 고행입니다. 오백여 미터 봉정암을 앞에 두고 떡 버티고 있는 깔딱고개는 한 번은 치러야 할 형벌처럼 다가옵니다.

땀으로 범벅된 심신이
주저앉고 무너지기를 수십 번 치러야 넘을 수 있는 고개.
이 고개를 넘어야만
봉정암 적멸보궁사리탑을 친견할 수 있다 하니,
부처님이 멀리서 나의 고행을 시험하고 있는 듯합니다.

노간주나무의 잔가지들도 풀어야 할 업이 있는지
길 쪽으로 팔을 뻗어 같이 가자 합니다.
매듭지어진 미움들 풀어 보고자
천상의 중턱쯤에 서 있는 사리탑을 향해
더욱 몸을 낮춥니다.
마음의 짐 하나씩 내려놓게 하는 오르막길.
조금만 더 조금만 더,
마지막 사력을 다해 내려놓아야 닿는 곳.
인생의 깔딱고개를 넘을 때마다
마음의 짐을 내려놓으라는 부처님의 채찍처럼 느껴집니다.
삶을 향한 물음표로
몸을 낮춰 깔딱고개를 넘어 오르면
주저앉아 있을 때마다 매달려 잡을 손잡이 같은 힘이
어딘가에서 나를 이끕니다.

팔순 할머니가 기어서라도 이 깔딱고개를 넘는 이유는
자신을 위해서가 아니라 가족을 위해서라고 합니다.
가파르게 숨을 몰아쉬며
한 발 한 발 내딛게 하는 가족의 힘이
팔순 할머니의 지팡이가 됩니다.
부처님 세계로 들어가는 불이문 같은 깔딱고개.

마음의 짐 하나씩 내려놓게 하는 오르막길
조금만 더 조금만 더
마지막 사력을 다해 내려놓아야 닿는 곳

깨달음 하나씩 얻어서 오라는 부처님의 깊은 뜻은 아닐까요.
부처님이 중생을 맞이하는 모습이
그 깔딱고개에 있는 듯합니다.
깔딱고개의 고행을 넘어서면,
따뜻한 어머니 품속 같은 봉정암이
부처님 형상의 기암괴석들로 둘러싸여 있습니다.

철야 기도를 하느라 법당을 꽉 메운 불자들의 신심이 봉정암의 매서운 추위를 녹이고도 남습니다. '인연을 고리 짓지 말고 잘 풀어서 좋은 인연을 만들어 가라.' 는 큰스님 법문도 감명 깊게 듣습니다. 밤의 고요 속에 기도로 가득 메운 봉정암의 진한 기운과 어슴푸레 새벽 사이로 걸어 다니는 알 수 없는 기운들이 나를 따라다닙니다.

새벽 예불을 마치고, 깜깜한 계단을 따라
연등이 길을 밝혀 놓은 불뇌사리보탑에 오릅니다.
환영처럼, 사리보탑으로 향하는 연등길은
천상으로 향하듯 하늘 중턱에 걸려 있습니다.
아마도 사리보탑을 향해 엎드리는 기도가
부처님의 깨달음을 향해 오르고 있다는 것이겠지요.
그 연등길을 따라 새벽이 밝아 옵니다.

매듭지어진 미움들 풀어 보고자
천상의 중턱쯤에 서 있는 사리탑을 향해
더욱 몸을 낮춥니다.

새벽의 뽀얀 틈 사이로 안개가 무리지어 피어오릅니다.
하얀 설산이 병풍처럼 둘러싸인 한가운데에
사리보탑이 연꽃처럼 피어 있습니다.
인생의 정점 같기도 하고,
삶의 정중앙 같기도 한 모습으로 서 있는 사리보탑을 향해
어깨에 메고 있던 마음 하나를 내려놓습니다.
새벽 봉정암을 둘러싼 뽀얀 산안개가
하늘에서 악기를 연주하는 비천무의 날개옷처럼
하늘거립니다.
비천무의 날개옷을 걸치고 봉정암을 뒤로합니다.
암자를 맴돌고 있던 등불 한 줄기가
손수 걸어 나와 돌아서 오는 내 어깨를 토닥거려 줍니다.

동태의 체감온도는 얼마일까

32년 만의 기록적인 한파. 체감온도 영하 22도.

하필 이런 날, 신창으로 가는 누리로호를 탑니다.

따뜻하고 폭신한 의자에 푹 묻혀서 한 시간 정도를 가면

이 기차의 종착역인 신창역에 닫습니다.

신창역에 가면 뭐가 있어요?

거기? 전철 끝이지.

과연 신창역에 내리자,

전철 끝이라는 의미밖에 아무것도 없습니다.

그야말로 썰렁합니다.

역을 되짚어 온양역으로 갑니다.

온양시장을 한 바퀴 돌아봅니다.

오늘 체감온도 영하 22도.

시장 상인들은 저마다

제 가게를 지키고 있는데 손님들은 거의 없습니다.

베스킨라빈스에서

여학생 둘이서 아이스크림을 먹고 있습니다.

이 추위에 아이스크림이라.

뭐가 그리 재밌는지 히히덕거리는 그네들에겐

영하 22도가 어떤 의미일까요.

즐긴다는 것은

체감온도 영하 22도의 추위에

아이스크림을 먹는 일일지도 모르겠습니다.

하긴, 그 여학생들이나

영하 22도에 할 일 없이 종착역을 찾아온 나나

피장파장이긴 마찬가지인데 말입니다.

어찌 보면 그네들과 나에게 지금

가장 큰 의미를 부여해 주고 있는 것은

체감온도 영하 22도라는 사실입니다.

영하 22도로부터의 방어,

아니 그런 추위를 탐험해 보겠다는

오기 아니면 객기 같은 것.

즐긴다는 것은
체감온도 영하 22도의 추위에 아이스크림을 먹는 일일지도

반항일지도 모르겠습니다.

그런 걸 옛 어른들은 청승떤다고 합니다.

어쨌거나 오늘의 추위에 대한 저항의 몸부림을

제대로 하고 있는 것인가요.

그런 청승 부류들의 체감온도는 영상이라는 사실에 주목하십시오.

자판 위의 동태가 추위와 한판 겨루는
체감온도 영하 22도의 시장 골목
생선 장수도 몸을 꽁꽁 싸맨 채 동태가 되어 가고
어쩐지 동태만 따뜻해 보이는 것이
문득 저 동태의 체감온도는 얼마일까
궁금해집니다
하얗게 언 오동통한 살 위에
문안처럼 햇살이 머뭅니다
세상을 뜨겁게 데울 수 있는 건
온몸을 던지고 있는 햇살이 아니라
녹아들지 말자고
내공을 쌓고 있는 동태의 숨은 내력
동태는 어떤 따뜻한 기억을 가지고 있기에…….

일상을 툭툭 건드리는 날들

오늘처럼 느닷없이 삶의 일상을 툭툭 건드리는 날들이 있습니다.

하늘을 풍성하게 매운 눈발들
공중을 헤매고 있는가
길을 찾고 있는가
공중에서 오래오래
떠다닌다
땅을 딛는다고
뿌리를 내리는 것이 아니란 걸
눈발은 알고 있는 거다
느리게 느리게 움직일 때가
아름답다는 걸
아는 거다
지금
눈발은
생의 속도를 알고 있는 거다

눈은 몇 천 번을 환생해서 지상에 내려와 꽃이 되는지요.
오직 한 빛만으로
사람의 감성을 끄는 마력을 가지고 있는 눈.
밤새 눈이 세상을 점령해 버렸습니다.

그래도 즐거운 마음으로 길을 나섭니다. 천안쯤 지나면서

고속도로가 막히더니, 차들이 올스톱입니다. 영문도 모른 채 멈춰 있는 버스 안에서 세 시간을 보냅니다. 지루한 나머지 휴게소까지 걸어가 보기로 합니다. 눈은 쌓여서 정강이까지 푹푹 빠지고, 미끄러지고 녹아서 질척거립니다. 계속 퍼붓는 눈으로 사람들은 눈사람이 되어 가고. 고속도로는 점점 주차장이 되어 갑니다. 눈이 입혀 준 흰 옷을 입은 눈사람의 행렬이 신기합니다.

옥산휴게소는 피난소를 방불케 합니다. 휴게소에서 두 시간 정도를 우왕좌왕 갈피를 찾지 못하다가 어느 사이 하나 둘 대책을 세워 휴게소를 빠져나가기 시작합니다.

청주까지만 가면 기차를 탈 수 있다는 정보를 입수합니다. 옥산휴게소에서 청주까지 걷기로 합니다. 무릎까지 쌓인 눈을 밟으며, 질척질척 미끄러지기도 하면서 가는 눈사람들의 행렬은 피난민 행렬이 따로 없어 보입니다. 신발이며 바지, 종아리까지 다 젖고, 춥기까지 합니다. 유격훈련을 방불케 합니다. 그런 모습으로 얼마를 허기지게 걸었을까요.

누군가 '캐세라 세라' 를 부릅니다.

70년대 초쯤에 나온 영화 '캐세라 세라' 의 주제곡.

옆에서 하나 둘 따라서 흥얼거립니다.

오늘따라 아름답게 들립니다.

언제 나에게 여행의 목적지가 정해졌었던가요.

떠나서 발길 닿는 대로 주어진 대로 길을 가면 그뿐이지요.

누군가 말합니다.

이런 여행을 통해서 인생이 때로 반짝거리기도 하고,

인생은 그래서 살만하고 재미있는 거라고요.

갑자기 힘이 납니다.

오늘처럼 느닷없이

삶의 일상을 툭툭 건드리는 날들이 때때로 있습니다.

오늘 같은 인생 답사를 통해

내일 다시 새롭게 살아 볼 힘을 얻게 된다면

진정한 삶의 답사가 아닐까요.

결국 인생은 무엇을 하느냐 보다 어떻게 사느냐가

그 사람을 더 빛나게 해 주니까요.

드디어 밤 8시 20분발 기차를 타고 무사히 조치원역까지 갑니다. 그리고 다시 수원행으로 갈아타고 수원에 도착. 수원역에 내리자, 어디선가,

"수원이다~"

라는 환호가 수원역을 쩌렁쩌렁하게 울립니다.

결국 인생은
무엇을 하느냐 보다 어떻게 사느냐가
그 사람을 더 빛나게 해 주니까요.

영혼의 안식처가 이런 맛인가요.

그 환호 속으로 혹독했던 열네 시간이 날아가고 있습니다.

가슴이 따뜻하게 부풀어 오릅니다.

수원역이, 세상이,

넓어지고 깊어져 보입니다.

햇살의 끝은 언제나 따뜻하다

지금, 겨울숲에 가면
겨울을 견디고 있는 나무들이 나를 깨우는 소리가 들립니다.
한적한 숲에 앉아 나무들에게 귀 기울여 봅니다.
자연만이 내게 말을 걸어 줍니다.
그들의 방언을 굳이 알아듣지 못해도 좋습니다.
숲은 자연의 것이고 나는 이방인으로 지금 이 숲에 있습니다.
붙박이처럼 머물러 있다가
이 숲의 화석이 되어도 좋겠습니다.

나무들로 이루어진 숲은 단단합니다.
세월을 두텁게 껴안고

숲의 숨결을 빚기 위해
나무의 뿌리는 보이지 않는 땅속에서
얼마나 많은 물질을 해대었을까요.

무언가 많은 메시지를 전하고 있습니다.
겨울 팥배나무 아래 섭니다.
팥배나무는 봄, 여름에 잎과 꽃으로 이름을 말하고,
가을과 겨울에 가지와 열매로 자신을 확인시켜 줍니다.
나무는 사람 곁으로 가기 위해
저들 나름의 모습으로 숲을 지키고 있습니다.
팥배나무 아래 서서,
습관적으로 고개를 들어 가지 끝을 올려다봅니다.
쭉쭉 뻗은 가지 끝마다 팥알 같은 빨간 열매가 달려 있습니다.
빨간 열매는 겨울 동안 새의 먹이로 나누어 줍니다.
그래서 팥배나무는 겨울이 훈훈합니다.

숨 멎은 듯 멈춰 있는 것처럼 보이는
섬세한 숲의 숨결을 빚기 위해
나무의 뿌리는 보이지 않는 땅속에서
얼마나 많은 물질을 해대었을까요.
땅 밑으로 수고를 아끼지 않았던 나무의 성스러운 가르침이
오늘은 빨간 열매로 열렸습니다.
팥배나무가 '당신은 누구입니까?' 라고 물어 옵니다.
'나였던 그 아이는 어디 있을까,
아직 내 속에 있을까 아니면 사라졌을까?'

햇살의 끝은 언제나 따뜻합니다.
그늘이 있기에 빛의 위대함이 빛나는 법

페루의 시인 파블루 네루다의 시를 떠올려 봅니다.
해맑던 그 아이는 어디로 갔을까요?
이미 세파에 쓸려 사라졌을까요?
그래도 괜찮습니다. 내가 살았으니까요.
누가 살아 주지 않고 내가 살았으니까요.

숲의 그윽함이 자장가처럼 울려 옵니다.
그 울림이 나를 꿈속으로 데려가서
가장 행복했던 순간에 머물러 있게 합니다.
숲이 연주하는 자장가를 들으니,
엄마의 자궁 속에 있는 것처럼 아련합니다.
이 숲의 연주가 내가 태아였을 적에 들었을
엄마의 심장 소리가 되어 포근히 감싸 줍니다.

햇빛이 맑은 날입니다.
햇빛도 숲이 좋아 나무들 사이를 뚫고
간간히 내려앉아 따스함을 전해 줍니다.
햇살의 끝은 언제나 따뜻합니다.
그늘이 있기에 빛의 위대함이 빛나는 법,
햇빛이 잠시 들른 숲은 더욱 그윽해 보입니다.
그 사람의 어두운 부분을 잘 알아야

그 사람의 진정한 빛을 볼 수 있다고 합니다.

나무들이 그늘을 따뜻하게 끌어안고 있는 이유입니다.

가령,
너의
지도가 되어 줄께

part 3

그러니까, 너, 거기 있었구나

너, 거기 있었구나

살다가 불쑥불쑥 어떻게 살아야 할까에 대한 번민은 사춘기 때 했던 '나는 누구인가.' 라는 원초적 물음처럼 늘 나를 괴롭힙니다.

어떻게 살아야 할까요.

어쩌면 그 물음이 내 꿈의 근원일지도 모르겠습니다.

그리하여 어느 날 문득,

그 원초적 물음을 안고 배낭을 꾸립니다.

영월. 이상한 나라의 엘리스처럼

날아서 낯선 도시에 갑자기 뚝 떨구어진 느낌이 드는 그곳.

새로운 모험이 시작된 듯 마음이 설렙니다.

서너 시간 간격으로 다니는
소읍의 버스를 타고 여행을 다니려면
몇 가지의 느림의 미학을 터득해야 합니다.
먼저, 버스를 기다리면 지루해지기 때문에
기다리는 것을 버리고,
버스가 올 때까지의 시간을 능력껏 즐겨야 합니다.
기다리지 않기 위해서는
다음 행선지를 미리 정하지 않는 것도
자유로운 여행자의 여유입니다.
발길이 닿는 곳이 도착지라 생각하면 서두를 필요도 없고,
조급해할 이유도 없습니다.
오늘처럼
드물게 다니는 시골 소읍 버스의 미학을 깨달아 보는 것,
그것이 삶의 여유입니다.

버스라기보다는 봉고차 수준의 아주 작은 버스입니다. 버스 기사는 일흔의 노장입니다. 군청에서 지원해 준 작은 버스 하나 가지고 하루에 네 번 운행을 하면서 노년의 삶을 꾸려 간다고 합니다. 일흔의 나이에 할 일이 있다는 것은 행복입니다.

버스는 비포장길을 이 마을 저 마을 구불구불 찾아다니면서 사람들을 태워 나르는 택시 같기도 하고, 자가용 같기도 합니

여행이란, 평범한 일상 속에서 쉽게 지나치는 일들을 문득 불들어 보는 것,
그리고 슬그머니 말을 건네 보는 것입니다.
너, 거기 있었구나.

다. 타는 사람은 거의 없는데도 버스는 구불구불 외길 비포장 길을 뒤우뚱거리며 건듯이 마을마다 찾아갑니다. 비록 빈 버스로 나올지라도 정류장이 없는 마을을 도장 찍듯 꼭꼭 들릅니다.

구부러진 길목을 돌아가면
꼭 승객이 기다리고 있을 것 같다는
기사 할아버지의 바람처럼,
나도 뭔가 꿈같은 것이
길목의 끝에 서 있을 것 같아 마음을 길게 늘이며 봅니다.
동강의 끊이지 않는 물돌이가
서민들의 질긴 삶의 모습처럼 애잔합니다.
서기처럼 어슬렁거리는 물안개를 따라 흐르는
동강의 힘찬 물줄기에서
새로운 삶의 에너지를 느낍니다.

어느 마을에 이르자 등이 새우등처럼 굽은 할머니 한 분이 버스를 기다리고 계십니다. 버스의 문이 할머니 발 앞에 멎습니다. 기사 할아버지는 손수 내려서 할머니의 보따리를 실어드립니다. 일흔의 할아버지가 아흔이 다된 할머니를 부추깁니다. 도움을 받아야 할 연세에 누군가를 위해 베풀면서 산다

발견은 내 안에 세상을 새롭게 하나 더하는 일입니다.
내가 구하지 않으면 답을 찾을 수 없듯이,
보아 주지 않으면 아무것도 내 것이 될 수 없습니다.

는 것은 참으로 아름다운 삶입니다.

할머니는 버스에 오르기까지 느리게 한참이 걸립니다.

할머니의 움직임이 슬로비디오를 보는 듯합니다.

들깨기름 짜러 간다며 방앗간 앞에 내려 달라 하십니다.

역시 택시 수준입니다.

"이렇게 비가 오락가락 궂은 날엔 밭일도 못 할 텐데, 장에 가는 사람도 없구마."

기사 할아버지는 승객이 없어 섭섭한 모양입니다.

그래도 오늘은 승객이 둘이나 된다며 흐뭇해 하십니다.

여행이란, 평범한 일상 속에서
쉽게 지나치는 일들을 문득 붙들어 보는 것,
그리고 슬그머니 말을 건네 보는 것입니다.
너, 거기 있었구나.
발견은 내 안에 세상을 새롭게 하나 더하는 일입니다.
내가 구하지 않으면 답을 찾을 수 없듯이,
보아 주지 않으면 아무것도 내 것이 될 수 없습니다.

꿈은 자신 안에 있는 세상과 만나는 일이라고 합니다.
나는 늘 세상을 동경만 했을 뿐,
세상과 만나려고

직접 일어나 걷고 뛰어 보지 않았던 것입니다.

일상과 함께하면서 그냥 무심코 지나치는 것이

'너' 라는 것을 짚어 보는 것.

그것이 어쩌면

오늘 내가 발견한 새로운 꿈일지도 모르겠습니다.

희망은
작은 발견에서부터 시작된다

앞마당 화단의 꽃씨가 봄의 기운을 받고 있습니다.

지난 가을에 맺은 꽃씨가

겨울의 한파를 견디고 봄 앞에 서 있습니다.

꽃씨를 물고 있는 꽃나무는 서광꽃입니다.

가만히 꽃씨 하나를 터트려 봅니다.

올망졸망 서로를 끌어안고 있는 씨앗들.

겨울을 모질게 지낸 한 어머니가 양지바른 햇살을 받고

아이들을 품에 안고 있는 형상이랄까요.

따뜻함이 툭 겨울을 건너와 가슴에 봄처럼 전해집니다.

씨앗들이 겨울을 나기 위해 서로에게 나눴던 따뜻함입니다.

이 작은 씨앗이 생명의 신비로움으로 우주를 품고 있습니다.

따뜻함이 훅 겨울을 건너와 가슴에 봄처럼 전해집니다.

꽃씨를 여물게 해 준 가을의 햇살과

엄동설한의 추억이 있었기에

씨앗들은 지금 희망의 봄을 맞는 것입니다.

씨앗에게서 봄을 발견하니,

나에게도 새로운 희망이 솟아오릅니다.

작은 서광꽃 씨앗들에게서

행복한 웃음소리가 들리는 것 같습니다.

마음의 눈으로 주위를 돌아보면 사소한 일상 여기저기에서

행복한 씨앗들이 웅크리고 있는 것을 발견하게 됩니다.

희망은 작은 발견에서부터 시작된다는 사실을 깨닫습니다.

꽃이 진 자리에 씨앗만 있을 뿐인데 우주가 다 들어 있습니다.

살아 숨 쉬는 생명만큼 아름다운 것은 없습니다.

그 아름다움의 근원을 온몸으로 지켜 내는

씨앗의 인내에 박수를 보냅니다.

씨앗을 가만히 들여다보고 있노라면

씨앗이 품고 있는 침묵이 느껴집니다.

침묵 속에 있는 씨앗의 여정을 밟아 봅니다.

몇 천 년 전부터 간직했던

색의 기억을 떠올리며 주홍빛 꽃을 피우고,

그 꽃의 표정 그대로 곱게 여물어 열매를 맺습니다.

씨앗의 웅크린 침묵 속에서 꿈틀거리는 삶을 봅니다.

씨앗은 우주의 따뜻한 품에 안겨 꽃으로 살다가
다시 씨앗으로 돌아갑니다.
자연의 질서에 어긋남이 없이
겨울이 오면 추위와 싸우고 봄이 오면 꽃을 피웁니다.
자연의 질서는 어기는 법 없이 왔다가
시간에 따라 흘러갑니다.
자연에게 질서는 역사입니다.
엄동설한의 고통도 시간에 따라 지나가 버린다는 것을
자연은 역사로 터득합니다.
모진 겨울을 이겨 내고
마침내 새로운 봄을 맞는 씨앗들을 보면서
세상은 참고 견딜 만하다는 것을 깨달아 봅니다.

자연은 어디서 배운 것도 아닌데 해마다 때가 되면
꽃을 피우고 열매를 맺습니다.
또 누가 가르쳐 주는 것도 아닌데 때를 모르는 법이 없습니다.
누가 시키지 않아도
꽃은 꽃의 자리에 씨앗은 씨앗의 자리에,
그것들은 그때그때 그 자리에 있을 뿐입니다.

마음의 눈으로 주위를 돌아보면
사소한 일상 여기저기에서
행복한 씨앗들이 웅크리고 있는 것을 발견하게 됩니다.

그것이 자연의 이치고 순리이기에,

자연은 그들답게 살아가는 것입니다.

자연은 인간에게 기대지 않고 자연스럽게 살아갈 뿐이지만,

우리는 자연에 기대지 않고 살아갈 수 없습니다.

자연은 인간을 거듭나게 하는 힘을 지녔다는 것을

새삼 깨닫습니다.

아무 보상도 바라지 않고

자연의 일부로 있을 뿐인 서광꽃에게서

세상과 소통하는 법을 배웁니다.

새로운 시작입니다. 봄이 오고 있습니다.

늘 거기 있으니까

이십 년 가까이 서울을 지척에 두고 살면서
그 유명한 명동성당엘 가 보지 않았다고 하면,
다른 별에서 살다 온 외계인이라고 놀릴지도 모르겠군요.
명동성당으로 향하는 길은
첫사랑을 만나러 가는 것만큼이나
설레고 가슴 두근거립니다.
명동역에서 명동성당으로 가는 길은
혈관 같은 명동거리를 지나야 합니다.
골목마다 인파가 구름처럼 흘러 다니는군요.
누가 일본인인지 중국인인지 한국인인지
분간할 수 없는 사람들로 명동 거리는 혼잡합니다.

그야말로 서울 구경, 그야말로 사람 구경입니다.

서울의 중심 거리를 장식하는 화려한 인파 속의 한 사람이라는 것이 뿌듯합니다.

수많은 인파의 대열에서 나는 지금 뭔가 큰일을 해내고 있는 것처럼 힘이 솟아오릅니다.

이것이 서울의 활력이고, 에너지라는 것을 실감합니다.

살다가 일상이 식상해지면 가끔
서울에 가서 삶의 충전을 하고 온다는
어떤 이의 말을 새삼 되새기면서요.

사람들은 그저 걷고 있을 뿐인데도 활력이 느껴지고,
그저 길가에 있는 가게를 기웃거렸을 뿐인데도
생소하게 느껴집니다.
누군가 그저 작은 손주머니 하나 샀을 뿐인데도
내가 더 즐겁습니다.
그들과 함께 활력이 넘치는 거리를
메우고 있다는 것만으로도 하루가 충만하게 느껴집니다.

힘찬 동맥 같은 명동거리를 빠져나오면
하늘을 찌를 듯이 우러르고 서 있는 명동성당과 마주합니다.
순간, 우뚝 성당처럼 발걸음이 멎습니다.

명동성당의 내부를 보는 순간,
웅장함과 경건함에 심장이 멎어
안으로 발을 들여놓지를 못합니다.

1894년에 건축한 명동성당은 우리나라 최초의 벽돌로 만든 건축이며, 중세의 미술 양식인 '고딕' 양식으로 지어졌다고 합니다. '고딕' 양식이 주는 웅장한 아름다움과 하모니를 이루는 미사곡이 성당 안을 감싸 울리고 있습니다.

그 성스러움에 취해 순간 울컥 눈물을 글썽입니다. 역사적으로 유명한 작품을 감상하다가 순간적으로 감흥하여 가슴이 뛰거나 눈물 등을 불러 일으킨다는 '스탕달 신드롬'을 떠올렸을까요. 프랑스 작가 스탕달이 이탈리아 피렌체에 있는 산타크로체 성당에서 귀도 레니의 회화 '베아트리체 첸치'를 감상하고 나오던 중 무릎에 힘이 빠지면서 황홀경을 경험했다는 사실을 자신의 일기에 적어 놓은 데서 유래했다고 하지요.

주여, 우리의 기도를 들어 주소서.

교우들의 미사곡에 맞춰 잠시 긴 의자에 앉아 봅니다.

독재 정권의 강압에 맞서 싸우던 이들의 피난처이기도 했던 한국 민주화의 메카, 명동성당과 김수환 추기경을 추모하며

어머니처럼 늘 거기에 있으니까,

언제까지나 있으려니 하면서

잊어버리고 있는 것들이 또 얼마나 많을까요.

마음속으로 성호를 긋습니다. 성당의 숙연한 저녁 종소리가 성호를 따라 가슴을 뜨겁게 차지합니다.

눈여겨보지 않는 집 앞의 이정표처럼
꼭 있어야 할 자리에 있는 것들을 쉽게 잊고 살았습니다.
명동성당처럼, 어머니처럼 늘 거기에 있으니까,
언제까지나 있으려니 하면서 잊어버리고 있는 것들이
또 얼마나 많을까요.
오늘처럼, 가까이 있는 곳에 그런 것이 있노라고
한번 찾아가 보라고
삶이 나에게 일러 주는,
그런 날이 많았으면 좋겠습니다.

무심코 스치는 일상을 줍다

자연은 야외 도서관입니다.

길을 간다는 것은 야외 도서관에서 자연을 읽는 것입니다.

발길 닿는 대로 가 보기로 합니다.

막상 집을 나서니 막막합니다.

돌담길을 따라 걷습니다.

어릴 적 골목에서 놀던 기억이 납니다.

앞집에 사는 친구와 편지를 주고받았는데,

돌담이 우체통 역할을 했습니다.

정해 놓은 돌담에 편지를 끼워 놓고

서로 마음을 주고받았지요.

매일 설레고 두근거리는 마음으로

돌담을 통해 친구의 마음을 확인하곤 했지요.
그 시절 돌담은 문자도 되어 주고
메일도 되어 주고 전화도 되어 주었습니다.
돌담 때문에 친구가 그립습니다.

아카시아꽃이 떨어져 억새풀에 꽂혀 있습니다.
풀잎만 달고 있는 억새풀이 예쁜 꽃을 달고 싶었나 봅니다.
제목을 '나도꽃' 이라고 붙여 봅니다.
어디선가 진한 꽃향기가 발걸음을 붙듭니다.
쥐똥나무 꽃향기입니다.
잠시 쥐똥나무 꽃향기 속에 묻혀 봅니다.
쥐똥나무 꽃향기는 장미 향기에 버금갈 만큼 향기롭습니다.
그 향기에 취해서 꼼짝할 수가 없습니다.
이 향기를 사진에 담아 누군가에게 보내고 싶어집니다.
가끔 무더기로 피어 있는 하얀 쥐똥나무 꽃 속에
시샘하듯 빨간 장미가 피어 있기도 합니다.
서로 향기자랑내기를 하는 것 같습니다.

천변에 왜가리 한 마리가
엉거주춤 어깨너머 고독을 즐기고 있습니다.
적막한 외로움이 느껴집니다.

천변길을 따라 강물과 함께 천천히 흘러가 봅니다.
길에서 만난 어르신 한 분은
아침마다 이 길을 산책한다고 합니다.
물속에 노니는 물고기와 대화를 나누기도 하고,
길가의 들풀에게도 속풀이를 한다며,
이제 그것들과 친구가 되었다고 합니다.
물속에 있는 물고기에게 말을 건네면
물고기가 되레 말을 걸어오기도 한답니다.
그러면 장자의 '호접몽' 처럼
자신이 물고기의 꿈속에 있는 것 같답니다.
만물과 하나 되는 경지를 선사해 주다니,
이 천변길이 더욱 사랑스러워집니다.

한때 소나기 지나가는 언저리에 몸을 적십니다.
자판기 커피를 뽑아 마십니다.
비를 바라보면서 마시는 커피 맛은 꿀맛입니다.
한때 시원합니다.

다시 무작정 버스를 타 봅니다.
3시간 동안 시내버스만 타고 갑니다.
처음 가 보는 시골 마을도 지나갑니다.

무심코 그냥 지나치는 일들을 줍는 일도 재미있습니다.
나서지 않으면 결코 만날 수 없는 것들입니다.

바오밥나무도 커다랗게 자라기 전에는 작은 나무였습니다.

덜컹거리는 시내버스 안에서

어이없기도 했다가,

체념이 되기도 했다가,

힘든 그 무엇인가가 내려지기도 합니다.

점점 마음이 가벼워집니다. 즐겁기까지 합니다.

시내버스가 멈추고,

발길 닿는 그곳에서 바오밥나무를 만납니다.

'바오밥나무도 커다랗게 자라기 전에는 작은 나무였다.' 는

어린왕자의 목소리가 들리는 듯합니다.

어린 바오밥나무가 있었기에 거대한 바오밥나무가 있듯이,

내가 살아온 날들이 있었기에

지금의 내가 있음을 감사해야겠습니다.

구석구석의 삶들이 멈추어 있지 않고

끊임없이 움직이고 있습니다.

우리 주위에는 우리를 즐겁게 해 주는 것들이 많습니다.

우리가 그것을 발견하지 못할 뿐입니다.

오늘, 무작정 발길 닿는 대로 갔다가

어느 동네에나 있을 법한 이야기들,

고물일지도 모르는 그것들을 주웠습니다.

주변에서 늘 일어나는 일상들,

무심코 그냥 지나치는 일들을 줍는 일도 재미있습니다.

나서지 않으면 결코 만날 수 없는 것들입니다.

내가 가야만 나의 길이 되는 법

글의 힘이 어디서 나오느냐고. 어느 작가의 인터뷰에서 기자가 물었습니다. 그 작가는 글을 쓰기 전에 매일 아침마다 그의 집 주변에 있는 길을 사색하면서 산책을 한다고 합니다. 유명한 작가가 다니는 그 길은 분명 아름다운 길일 것이라고 나는 생각합니다. 멋진 길이기 때문에 멋진 글이 나오는 것이라고 부러워합니다.

그런 멋진 길이 내 주변에도 있었으면 하고 갈망합니다.
그런 길이 있다면 매일 아침 산책길을 사색하면서
멋진 글을 쓸 수 있을 것 같습니다.
나는 가만히 앉아서 그런 길을 동경만 합니다.
그런 길이 내 앞에 나타나지기를,

그런 길이 나에게 다가오기만을 기다립니다.
아침에 산책할 수 있는 그런 길이 가까이에 있다면
정말 좋은 글이 저절로 써질 것 같습니다.
그런 길을 꿈꾸며 몽상에 젖기만 합니다.
감나무 아래 가만히 누워서
감 떨어지기만 기다리는 내 자신을 봅니다.

어느 날, 내가 찾던 길을 만나게 됩니다.
그런 길이 있는 곳으로 이사를 간 것도 아니고,
그런 길을 찾아간 것도 아닙니다.
그런 길을 내가 만들었습니다.
아름답거나 멋진 길도 아닙니다. 그저 평범한 동네길입니다.
그 길을 아침마다 걸었더니, 내 길이 되었습니다.
어느 날부터 그 길이 아름다움을 주기 시작합니다.
내 발길로 정을 들여 포장하니 멋진 길이 됩니다.
아침마다 그 길을 걸으며 사색도 하고 힐링도 합니다.

길에서 만나는 모든 것들이
서로 저들을 보아 달라고 인사합니다.
그 느낌들을 호흡합니다.
그리고 그 에너지로 멋진 글을 쓰기도 합니다.

보이는 모든 것들이 나의 글이 됩니다.
길을 찾아 나서고서야
길이 사방으로 열려 있었다는 걸 발견합니다.

매일 같은 길이지만 늘 새롭습니다.
산새 소리도 어제의 그 소리가 아닙니다.
어제 봤던 부전나비도 같은 길로 날지 않습니다.
나무들은 조금씩 자라고,
지난주에 화려하게 피어 있던 나리꽃도
오늘은 꽃술만 달고 있습니다.
그 길을 다니면서 매일매일 새로움을 봅니다.

어제 봤던 모든 것들은 오늘 다르게 살고 있습니다.
그 다름이 나를 생기 있게 합니다.
멈추지 않고 지구는 돌고, 자연도 멈추지 않고 흘러갑니다.
매일매일이 새롭습니다.

나비가 날아다니는 소리에 귀 기울여 보면
나비가 날아가는 길도 길이 됩니다.
길을 걸으면서 나비들이 날아다니는 소리에
귀 기울여 봅니다.

산새 소리도 어제의 그 소리가 아닙니다.
어제 봤던 부전나비도 같은 길로 날지 않습니다.

고요 속에서 파닥이는 여린 날갯짓이 평온함을 줍니다.
나비처럼 사뿐사뿐 날고 있음을 느껴 봅니다.
가만히 나비처럼 날고 있는 나에게 가야 할 길을 물어봅니다.
그렇게 나에게 가까이 가 보니,
새롭게 사는 법을 만납니다.

산책길에서 누군가를 만났을 때,
그 사람에 대해서 얼마를 버는지를 궁금해 하기보다는
'나비 같은 걸 채집해 보았느냐.' 고 물을 줄 아는
생텍쥐페리의 어린왕자가 되기도 합니다.
그러면 나는 감성에게서 시 한 다발의 선물을 받기도 합니다.

내가 찾고 싶은 길을 발견하고서야 깨닫습니다.
늘 가까이 두고 먼 데서 찾으려 하기 때문에
없다고 생각했던 것입니다.
살면서 등잔 밑이 어둡다는 것을
때때로 잊고 살기 때문입니다.

항상 존재하지만 모르고 있었던 것을 깨닫게 됩니다.

누군가 수없이 다니던 길도

내가 가지 않으면 내 길이 아니듯이,

내가 가야만이 나의 길이 되는 법을 깨닫습니다.

'스스로 찾지 않으면 아무것도 내 것이 될 수 없다.' 는 말을 실감합니다.

만남이 거기 있으니까

길을 가다 담쟁이덩굴을 만납니다.

담쟁이덩굴이 싹을 내밀어 길을 내고 있습니다.

유심히 들여다보니

그곳에 지난해에 담쟁이가 밟고 지나간 발자국이 보입니다.

담쟁이가 한 걸음 한 걸음 절벽을 딛고 오르던 힘,

비바람 불어도 견딜 수 있게 한 힘이 느껴집니다.

발걸음 하나하나

또박또박 찍어 놓은 발자국이 희망에 차 보입니다.

나는 목적지를 정하지 않고 떠나는 여행을 좋아합니다.

길을 걸으면서 마주치는 모든 것들이

담쟁이덩굴처럼
때로는 느리게
때로는 간절하게
길을 가 볼 일입니다.

길이 되고 목적지가 되어 발자국을 찍습니다.

청산도에서 만난 풍경은
느림의 발자국이었습니다.
앞에 가던 버스가 정차를 했는데
한참을 기다려도 움직이지 않는 것이었습니다.
버스가 갑자기 고장이 난 것일까
아님 아예 주차를 한 것일까
생각하다가 비껴가려고 하자
그때서야 버스에서 할아버지 한 분이 내리는 것이었습니다.
아, 느림의 미학이 그런 것이었습니다.

경북 청도에서의 만남은
여유로운 발자국이었습니다.
버스 기사가 버스를 세워 놓고
길옆 감나무 밭에서 반시를 사 가지고 오는 것이었습니다.
그때까지 승객들 중에 누구 하나 기사에게 화를 낸다거나
따지는 사람은 아무도 없었습니다.
그저 늘 있었던 일처럼 말없이 앉아 기다릴 뿐이었습니다.

발자국을 낸다는 것은,

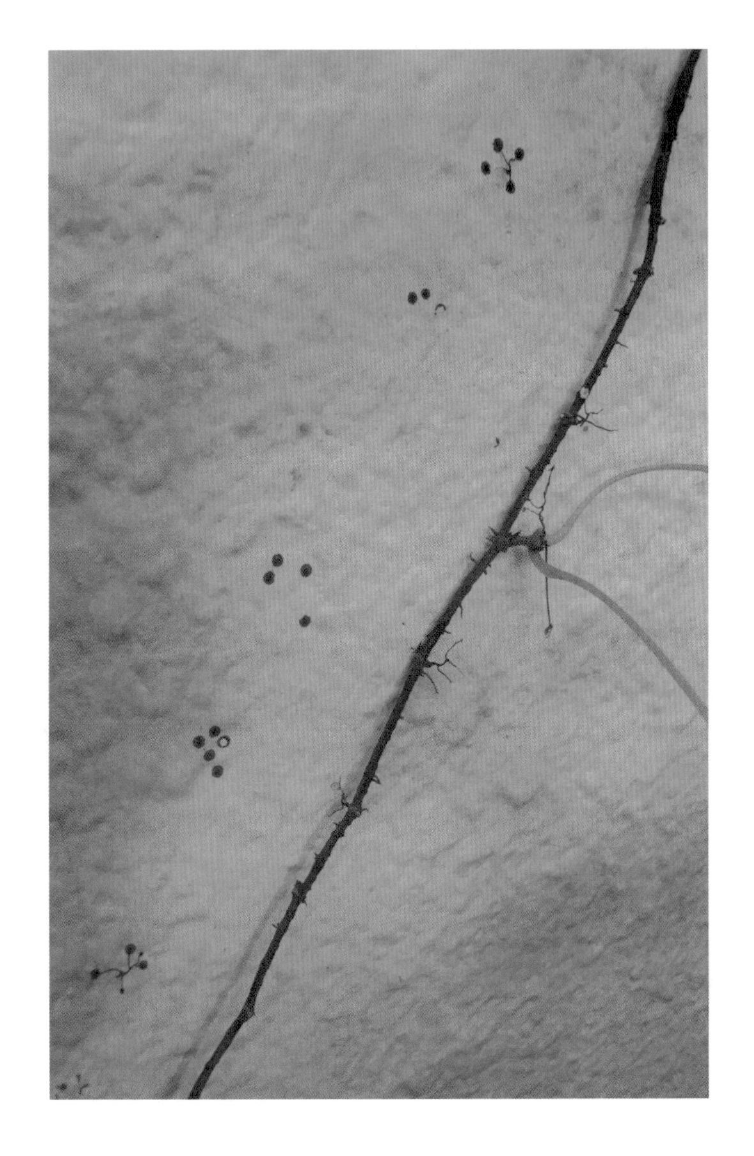

담쟁이가 한 걸음 한 걸음 절벽을 딛고 오르던 힘,
비바람 불어도 견딜 수 있게 한 힘이 느껴집니다.

천오백 원짜리 좌석버스를 타고 가는
일킬로그램 설탕 한 봉지를 만나는 일입니다.
설탕 한 봉지가 혼자서 버스를 타고 가다가
버스 기사가 설탕을 원하는 마을에 내려 주는 일,
그런 광경을 어디서 흔히 만날 수 있겠는지요.

담쟁이덩굴처럼 때로는 느리게
때로는 간절하게 길을 가 볼 일입니다.
그러면 담쟁이가 바람을 만나
바람에게 물으며 길을 가듯
만남이 간절하게 말을 들어 줍니다.

다시 돋아난 담쟁이 새 덩굴은
지난해에 찍어 놓은 발자국을 따라서 갈까요?
새로운 길을 다시 낼까요?
어딘가를 향해 발자국을 찍는다는 것은
희망이 있어 좋습니다.
설령 목적지에 이르지 못할지라도
지금 간절하게 길을 가고 있다는 것은,
만남이 거기 있으니까요.

어딘가 떠나고 싶은 것은

어딘가 떠나고 싶은 것은,

무엇인가를 만나고 싶은 것입니다.

그 무엇인가를 통해서 자기 자신과 만나게 됩니다.

진정한 자신을 삶 속 어딘가에서 잃어버렸기 때문입니다.

그래서 허전한 마음이 여행을 떠나고 싶어합니다.

결국 여행이란 잃어버린 자신을 찾고 싶은 까닭입니다.

오전 열시 반.

어딘가 떠나기 위해 광명역에서 친구를 만납니다.

3층으로 되어 있는 웅장한 역사는

내가 곧 멋진 여행지로 떠날 것을 알고 있다는 듯이

부풀어 있습니다.

나는 들떠 있고, 오고 가는 사람들 모두 설레어 보입니다.

어딘가 떠날 수 있다는 기대만으로도

기차역은 충분히 설레임을 줍니다.

전광판이 수많은 행선지들을 자랑하며 유혹합니다.

들뜬 마음을 조금 뒤로 물려 놓고

친구와 함께 의자 하나를 골라 앉습니다.

그리고 서로 약속이라도 한 것처럼

의자에 앉아 천천히 수다에 빠져듭니다.

시간이 얼마나 됐을까 배가 고파 옵니다.

식당에 들어가 점심을 먹습니다. 식사 중에도 수다는 끊이지 않습니다. 그리고 다시 앉았던 의자에 자석이라도 붙여 놓은 듯 끌려가 앉습니다. 자판기 커피로 체력을 달래고 다시 수다에 심취합니다. 의자가 제발 숨 좀 쉬자고 아우성을 치지만 퍼진 엉덩이로 의자의 불만을 짓눌러 버립니다.

가만히 귀를 기울여 보면,

친구와 내가 나누는 수다는

무엇인가를 간절하게 찾고 있습니다.

방황하는 나의 영혼이 이정표를 찾고 있는 듯합니다.

3

역은 수많은 길을 향해 떠났다가 다시 돌아오지만
수다는 쉽게 방향을 찾지 못합니다.

그리하여 수다는 방황하고, 좌절도 하고,
때론 즐거워 죽겠다는 몸짓도 합니다.
길은 이미 수다 속에 들어 있다는 걸
우리의 수다만 모르고 있습니다.

그리하여 수다의 길이는 저녁 7시까지 이어집니다.
수다는 팔씨름처럼 팽팽하기도 하고,
벗어 놓은 옷가지처럼 풀어지기도 합니다.
때론 나라라도 세울 것처럼 진지해서
어떤 것도 수다의 틈바구니에 끼어들지 못합니다.
슬픔과 고통 속에 있는 삶에서 평온을 찾아내는 방법이
지금 이 순간만은 수다라고 믿기 때문입니다.
드디어 수다는
헝클어지고 무질서한 삶 속에 있는 나를 발견합니다.
그리고 차근차근 삶의 질서를 찾아가는 방법을 모색합니다.

'아짐들 떠난다는겨? 만다는겨?
출발을 알리는 방송이 웅웅거리며 우리를 부추깁니다.

그 소리는 거대한 역사의 허공에 메아리만 될 뿐
결코 수다를 멈추게 하진 못합니다.

오히려 어딘가로 가야 한다고 빵빵대며
종일 징징대는 역이 더 수다스럽습니다.
누가 뭐래든 굳건히 앉아서 수다에만 심취해 있는 모습은
입술만 움직이는 손가락 인형들 같습니다.

'아짐들 징허요, 징혀!
이제 역도 지쳤는지 꼬리를 내리고 어둠을 깔기 시작합니다.
우리는 다시 저녁배가 고파 와서 식당에 들어갑니다.
단지 수다를 떨기 위한 체력 보충을 위해
친구와 나는 저녁배를 채웁니다.
그리고 이제 늦은 밤의 시간이
집으로 돌아갈 것을 재촉합니다.
그때 역이 다시 우리의 아킬레스건을 붙듭니다.
우리는 도저히 역의 미련을 뿌리칠 용기가 없으므로,
아직은 삶의 방향이 목말라 있으므로.
다시 집으로 가는 버스정류장에서 스스로 발길을 묶은 채
1시간 반가량 말을 튀겨 가며 수다를 더 떱니다.

비로소, 끈질긴 수다는
삶에서 포기했던 어쩔 수 없는 것들이
어쩔 수도 있겠다는 희망을 발견하게 됩니다.
헝클어진 삶의 무게가 내려지는 걸 느낍니다.
'정말 대단한 아짐들이여.'
역사가 쉰 목소리로 혀를 내두릅니다.

드디어 밤 9시 반, 친구와 나는 각자의 버스에 오릅니다.
장장 11시간 동안의 수다 여행입니다.
오늘 나의 수다는 먼 길을 다녀왔습니다. 수다 여행에서 삶의 고통들을 만났고, 집착을 버리는 길을 발견했으며, 평온해지려는 자신을 바라볼 수 있는 계기가 되었습니다. 희망을 안고 여행에서 돌아가는 느낌을 만끽합니다.

나서지 않으면 만날 수 없는 것들

해탈문을 들어서자마자 반기는 나무숲길은
한여름 거침없는 햇빛도 감히 뚫지 못할 만큼
아름드리나무들로 우거져 있습니다.
꼭 하늘 속을 뚫고 가는 하늘 터널 같기만 합니다.
오랜 세월을 느낄 수 있는 구불구불한 소나무들은
내가 설레고 있음을 확인시켜 줍니다.
낯선 길인데도 익히 알고 있는 길을 가는 것처럼
발걸음이 가볍습니다.

걸음을 옮길 때마다
덥고 찌든 마음을 하나하나 내려놓습니다.

속세에 찌든 감정을 벗어 버릴 해탈의 기회를
긴 숲길을 통해서 주고 있는 것 같습니다.
하얗게 길을 메운 회화나무 황백색 꽃길을 걸으니
하얀 눈 위를 걷는 듯해 서늘한 긴장감마저 듭니다.
발을 옮길 때마다 여기저기에서 아름드리나무들이
이름표를 달고 불쑥불쑥 얼굴을 내밉니다.

파란 열매를 땡글땡글 매달고 있는 때죽나무, 일명 함박꽃 산목련이라 불리는 쪽동백나무, 단풍잎 모양의 잎을 가진 고로쇠나무, 아카시아를 닮은 회화나무, 뾰족한 상록침엽소교목인 노간주나무, 팔월에 자주색 꽃을 피우며 자주색 열매를 맺는 작살나무, 플라타너스 잎과 흡사하며 황백색 꽃을 피우는 벽오동나무, 일명 백일홍나무라 불리는 배롱나무 등등. 저마다 이름표를 달고 있는 나무들, 낯선 나무도 낯익은 나무도 모두 정겹습니다.

자연의 순리를 거역하지 않는 나무도
늘어나는 나이테를 보면 서글퍼져서 꽃잎을 떨구는가 봅니다.
군데군데 검은 가죽을 드러낸 늙은 나무들이
세월을 잊어버리려는 듯 무심히 서 있습니다.

나무의 속박으로부터 벗어나
자유를 찾아가는 꽃잎들의 모습이 아름답습니다.

오래된 나무들이 아치를 이룬 이 숲길을 걷는 시간은,

나무들이 제각기 이름에 충실하며

나이테를 늘이고 있는 시간이며,

각기 제자리에서 열심히 뿌리를 내리고 지키며

꽃을 피워 내는 시간이며,

늘어난 나이테의 대가로 얻은 열매를

주렁주렁 내리고 있는 시간입니다.

누군가는 부자가 되는 시간이며,

어떤 이는 명예를 얻는 시간이며,

또 어떤 이는 마음을 비우고 행복해지는 시간이기도 합니다.

시간이 만들어 주는 자연의 오묘한 질서로 이루어진

길다운 길입니다.

스님이 걸망을 짊어지고

천장처럼 드리워진 벚꽃 터널을

수십 번 오르내리고 있습니다.

걸망에는 '사죄' 란 까만 글씨가 크게 새겨져 있습니다.

해탈길을 오르내리는 스님의 맨발이 무거워 보입니다.

걸망 안에 든 '사죄' 라는 짐이 무겁긴 무거운가 봅니다.

회화나무 꽃이 내려 덮인 하얀 꽃길 위를 걷는

스님의 맨발 끝으로

쪽동백나무

꽃잎이 풀풀 일어나 따라 걷습니다.

번뇌도 일어나 따라 걷습니다.

걸망 속에 든 죄가 궁금해집니다.

떨어져 내리는 꽃잎들은

공중에서 일탈을 꿈꿀까요.

해탈을 기도할까요.

꽃잎들이 스님의 걸망 위에 내려앉아

'사죄' 라는 글자를 덮습니다.

해탈의 모습이 그러할까요.

나무의 속박으로부터 벗어나

자유를 찾아가는 꽃잎들의 모습이 아름답습니다.

눈부신 꽃길 아래서 더욱 선명하게 보이는 '사죄' 를 벗느라

스님도 꽃들도 오르락내리락 진지합니다.

죄 하나 슬그머니 걸망을 빠져나갈 때까지

스님은 이 해탈길을 오르내리며 사죄를 할 모양입니다.

초저녁 보름달도 예사롭지 않게 숲길을 오르내립니다.

아무것도 없을 때가 시작이다

인생에서 나를 키워 준 것들을 생각하며
30년 전 어느 날로 추억을 따라가 봅니다.
어렸을 적에 그려 놓은 어린 날의 삽화 속으로
걸어 들어가 봅니다.
그러면 거기 세상 속에서 빠져나와
폐교라는 슬픈 딱지를 달고 나를 맞는 학교가 보입니다.

빈 교실에선 금방이라도
까르르 반겨 줄 것 같은 친구들 대신
여기저기에서 우르르 그리움들이 달려 나옵니다.
친구들 손때 대신 녹이 슨 철봉도 그네도 넓은 운동장도

더 이상은 자라지 않고,
운동장 가에 서 있는 포플러나무만이
친구들 하나하나를 호명하듯 서 있습니다.

천진난만하다는 나이를 무기 삼아
그 시절을 주름잡았던 친구들.
먼 훗날 어지러운 세상에 익숙해지기 위해
미리 가상의 게임을 터득하던 놀이터.
그 시절 태평양 바다 같은 운동장에서
개헤엄 치며 노는 친구들의 웃음소리가
높은음자리표를 따라 하늘가를 맴돕니다.

한구석에 녹슨 채 기울어 있는 시소에 올라앉아 봅니다.
'병준이는 아직도 소식을 아는 친구가 아무도 없데, 친구들한테 못할 짓을 많이 했다나 봐.'
한쪽으로 기울어진 시소가 올라가면서
다른 쪽에서 병준이가 타고 내려올 것만 같습니다.

이번엔 키를 훨씬 넘는 철봉에 매달려 봅니다.
'윤식이는 잘 나간다고 소문이 자자하더라. 그래도 친구들을 그렇게 외면하면 안 되는 거 아냐?'

철봉에 매달린 손이 떨어지지 않으려고
안간힘을 써 봅니다.
그래도 한번은 떨어지고 말 텐데.
땅을 짚고 있을 때가 제대로 사는 거 같다는 걸
윤식이는 언제쯤 깨닫게 될까요.

이번에는 뱅뱅이라는 회전그네를 타 봅니다.
'형숙이는 학교 때 친구들한테서 받은 상처를 어른이 된 지금까지도 용서가 안 된다더라. 얼마나 상처가 깊었으면.'
어지러워도 다시 제자리에 돌아오곤 하는 뱅뱅이처럼
상처와 용서도 돌고 돌아서
결국 원점에 다시 오게 되는 게 아닐까요.

다시 누군가를 기다리는 듯 비어 있는 그네 앞에 서 봅니다.
'용서하기도 전에 미움을 간직한 채 저세상으로 떠나 버린 명순이.'
나는 그네 위에 마음만 올려놓고 그네를 밀어 봅니다.
그네가 흔들리는 만큼 마음도 흔들립니다.
용서한다는 말이 저만큼 갔다가 오고,
보고 싶다는 말이 이만큼 왔다가는
다시 갑니다.

가슴 저 밑바닥으로부터 갈증을 느끼고 있는
이 폐교를 보면
아무것도 없을 때가 시작이라는 것을 깨닫게 됩니다.

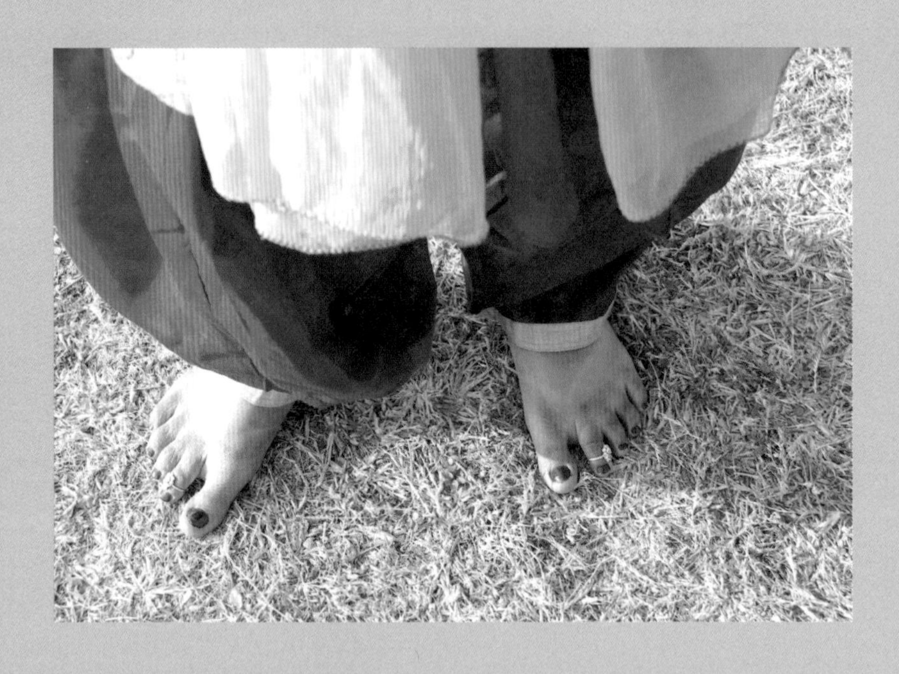

살다 가끔 힘이 들 때
등을 기대 비벼 보기도 하고
둥근 손잡이 삼아 잡고 일어나 보기도 하던

돌아갈 수 없는 그 시절이 그리워질 때,
생의 바람모퉁이를 돌아 들어가서
막다른 땅끝 같은 이 폐교에 서 봅니다.
그리고 맘껏 비비고 뒹굴던 어린 날의 운동장을 달려 봅니다.
살다 가끔 힘이 들 때,
등을 기대 비벼 보기도 하고,
둥근 손잡이 삼아 잡고 일어나 보기도 하던,
그런 운동장입니다.
그리고 그때보다 훨씬 넓게 그늘을 드리우고 있는
이해 많은 느티나무 아래에 서서,
보고 싶은 친구, 미워했던 친구들을 돌아봅니다.

다시 운동장 구석에 서 있는 늑목 앞에 서 봅니다.
그 시절 세상보다 높았던 그 늑목을 한 칸 한 칸 올라봅니다.
어디만큼 올라가야 세상이 보이는지를,
보이는 그 세상이 다 내가 아는 세상이 아니라는 것을,
아직은 살 만한 세상이
넓고도 크게 열려 있다는 것을 깨달아 봅니다.

그 늑목의 중간쯤에서 하늘만한 운동장을 바라봅니다.
세상이 운동장보다 더 작았던 시절을 떠올리며,

운동장은 여전한데 커져 버린 세상을 느껴 봅니다.

운동장이 작아 보이기까지

시행착오를 많이 하면서 살았던 삶을 뒤돌아봅니다.

그리고 세상보다 컸던 운동장만한 희망을 느껴 봅니다.

세상이 아무리 변해도 변치 않고 거기 있어 줬으면 싶은 곳,

이곳에 오면 희망이 보입니다.

가슴 저 밑바닥으로부터

갈증을 느끼고 있는 이 폐교를 보면

아무것도 없을 때가 시작이라는 것을 깨닫게 됩니다.

그러니까,
너,
거기 있었구나

part 4

이를테면, 일상에서 희망을 만나는 일

작은 일상에 밑줄을 긋다

내가 지금 어디에 있는지 보이지 않을 때가 있습니다.
어디로 가고 있는지 알 수 없을 때가 있습니다.
마음속에는 일이 적어야 한다는
옛 어른들의 말을 되새겨 봅니다.
마음을 비우라는 것이겠지요.

문득문득 지금 잘 살고 있는지 조급해질 때가 있습니다.
친구들은 교수도 되어 있고, 회사 중역도 되어 있고,
그것도 아니면 부자가 되어 안정적인 삶을 살고 있습니다.
왠지 나만 뒤처져 있는 것 같아 불안해 하고 조급해 합니다.

친구들과 비교하면서 슬픔의 자해를 하던 어느 날,
베란다 하수구에서 싹 하나를 발견합니다.
하수구에 쓸려 내려가다가 남아 있던 팥 한 알이
싹을 틔운 것입니다.
모른 척하고 내버려 두었더니 저 나름대로 줄기를 냅니다.
여리디 여린 줄기입니다.
손가락으로 만지기만 해도 짓물러질 만큼 가냘픕니다.

줄기는 점점 자라납니다.
줄기를 내면서부터 너무 연약하여 서 있기조차 힘들었는지
아예 베란다 바닥에 누운 채로 줄기를 뻗습니다.
줄기는 연약한 힘으로 느리게 느리게 길을 냅니다.
어딘가 자꾸 기대고 싶은 나의 심사와 닮은 것 같아서
점점 그 팥 줄기에게 눈길을 주게 됩니다.

그러던 어느 날, 그 여린 줄기의 새순이
누군가에게 짓밟혀 있는 것을 봅니다.
줄기를 뻗어 내야 할 새순이 짓밟혀졌으니
이제 팥의 생명도 끝이 나겠구나 생각합니다.
그런데 언젠가부터 팥은 또 다른 줄기를 새로 냅니다.
앞이 보이지 않는 막막한 길에서도 길은 있습니다.

이파리 하나 하늘로 뻗을 힘조차 없는
가녀린 줄기가 새로운 줄기를 뻗어 내다니.
줄기는 결국 꽃망울을 맺습니다.
생명의 힘이 실로 대단함에 경탄합니다.

언제부턴가 이 여린 생명의 힘에 기대고 있는
나 자신을 봅니다.
세상의 한복판에 서서
어디로 어떻게 발을 옮겨 놓아야 하는지를 모르고
당황해 하는 나를 봅니다.
아무리 여린 싹이라도 이윽고 줄기를 내고
꽃을 피우고 열매를 맺는다는 진리처럼,
지금은 비록
앞이 보이지 않는 좁고 어두운 골목길이라 하더라도
이 여린 생명처럼 길을 더듬어
언젠가는 넓은 길을 만나리란 희망이 보입니다.
이 팥알의 씨앗이 움트기까지
어둠 속에 묻혀서 참고 견디어 낸 인내가 있었기에
싹을 내고 길을 가는 것처럼,
발을 딛고 세상의 한복판에 서 있는 한,
그 길의 어디쯤에서 꿈을 만날 것을 믿습니다.

가을이 되자, 팥꽃은
열매를 맺지 못하고 이파리가 물들기 시작합니다.
꽃이 열매를 맺지 않으면 어떠랴.
팥의 한 생에서 여러 갈래의 줄기도 내보고,
꽃도 피워 봤으니 얼마나 많은 일을 했는가.
팥이 말없이 걸어가는 날들이 팥을 길러 주었듯이,
모자라면 모자란 대로 부족하면 부족한 대로
살아온 날들이 나를 키워 주었다는 걸 감사해야겠습니다.

열매에 연연하지 않은 팥 줄기가
'최선을 다하라. 그러나 그 결과에 집착하지 말라.' 는
람 다스의 명언을 떠올리게 합니다.
무슨 일이든 결과에 집착하게 되면
욕심이 생겨서 조급해지고 스트레스를 받게 됩니다.
나만 뒤쳐져 사는 것 같은 불안한 마음이
열매를 맺지 못한 팥 줄기에게 위로를 받습니다.
조금 더 마음을 비우고
살아갈 날들에게 최선을 다해야겠습니다.

이제 처져 있던 어깨 다시 추슬러
새로운 길이라도 내봐야겠습니다.

가만히 나를 들여다보면서
가끔은 내가 지금 어디에 있는지,
어디로 가고 있는지 두드려 봐야겠습니다.

수십 년을 살아온 나에게
고작 몇 날을 살고 있는 팥 한 알의 생명이
길을 안내해 주고 있다니.
진정한 자신의 길을 발견하기 위해서는
길을 잃어 볼 일이라는
어느 선지자의 말은 옳았습니다.
남과 비교하면서 불행해 하는 것이
욕심 때문이라는 것을 알겠습니다.
그 욕심의 집착이 슬픔을 지배했던 것도 알 것 같습니다.

행복은 작은 깨달음으로부터 온다는 것을
이 여린 싹에게서 경험합니다.
삶의 중요한 것들은 직접 경험해야만
자신의 것이 되는 법을 깨닫습니다.
이 작은 팥 줄기가
비로소 닫힌 마음을 열고 영혼을 깨끗하게 씻어 줍니다.

가끔은 내가 지금 어디에 있는지
어디로 가고 있는지 두드려 봐야겠습니다.
발을 딛고 세상의 한복판에 서 있는 한
그 길의 어디쯤에서 꿈을 만날 것을 믿습니다.

또 하나의 세상과 하나가 됨을 느낍니다.

이 여린 싹이 세상과 연결하는 법을 알려 주고

나의 작은 일상에 밑줄을 긋고 있습니다.

운다는 것은 고백하는 일입니다

매미가 베란다 유리창 방충망에 붙어 울고 있습니다.

울지 말라고 매미를 달래 봅니다.

그래도 그치지 않고 더욱 애처롭게 울어 댑니다.

왜 우느냐고 묻습니다. 짝을 찾는 중이랍니다.

울어야 암컷이 와 준다고요.

매미는 칠 년을 땅속에서 유충으로 지낸 답니다. 그리고 겨우 한 달 정도 성충으로 세상에 나와서 산다네요. 울어 대는 건 수컷이랍니다. 암컷 짝을 만나기 위해서라고 합니다. 결국은 종족을 번식시키는 숙명 때문이라고요.

겨우 며칠을 세상에 살아 보려고

세 살의 모모는 엄마가 보고 싶다는 고백을
울음으로 대신합니다.

칠 년을 기다리는 매미의 일생에 대해 생각해 봅니다.
종족 번식을 위해 세상에 나온 며칠 동안 울어 대기만 하는
매미의 삶에 대해 생각해 봅니다.
빛나는 한 달 동안 매미는 구애의 울음만 울어 댑니다.
매미는 종족을 번식시키는 그 위대한 사업을 하기 위해
울음이라는 방법을 선택합니다.

운다는 것은 고백하는 일입니다.
방충망에 붙어서 울고 있는 숫매미가
오로지 '종족 번식의 역사적 사명을 띠고 이 땅에 태어났노라.'는
위대한 고백 말입니다.
매미가 저처럼 처절하게 한번 고백해 보라고
저리 울어 댔던 것인가 봅니다.
하루를 돌아보면 무더위와 싸운 기억밖에 없는
게으른 일상 속에 있는 나를
한낱 미물인 매미가 울음으로 꾸짖습니다.

에밀 아자르의 〈자기 앞의 생〉에서, 모모도 엄마에게 울음으로 고백합니다. 세 살의 모모는 엄마가 없습니다. 친구들은 울기만 하면 엄마가 와 줍니다. 모모도 엄마를 오게 하기 위

해 웁니다. 세 살의 모모는 엄마가 보고 싶다는 고백을 울음으로밖에 할 수가 없었던 것입니다. 비록 모모에게 엄마가 와주지는 않았지만, 생의 어디쯤에 한번은 자신에게도 엄마가 존재했었다는 확인을 울음으로 고백한 것입니다.

지금도 우리 주위에는 모모처럼 간절한 고백의 울음을
어디선가 울고 있는지도 모릅니다.
제각각 다른 방법으로 울고 있겠지요.
운다는 것은 애타게 누군가를 부르는 신호입니다.
도와달라고 울부짖는 메시지입니다.
우리는 그 고백을 곧잘 흘려듣습니다.

등잔 밑이 가장 어두운 것처럼 가장 가까이에 있으면서도 그 도움을 구하는 울음을 알아듣지 못하는 경우가 종종 있습니다. 결국은 안타까운 일이 일어나기도 하지요. 그 소리 없는 울음의 고백은 마음을 기울여야 들리기 때문입니다.

안으로 울어 삼키는 울음은 자신을 부르는 울음이며,
밖으로 내어 우는 울음은
누군가를 애타게 부르는 신호입니다.
소리 없는 울음을 울고 있는 힘든 누군가의,

안으로 울어 삼키는 울음은 자신을 부르는 울음이며
밖으로 내어 우는 울음은
누군가를 애타게 부르는 신호입니다.

또는 자신의 고백을 들어 보아야겠습니다.
이 지구상에 매미라는 이름으로 존재케 하기 위해
울고 있는 매미처럼
그 울음은 누구에게나 위대한 고백이기 때문입니다.

왜 우느냐고. 그 소리 없는 울음을 들여다보고,
그 소리 없는 고백을 들어 주어야겠습니다.
고백을 더듬어 듣다 보면
마음에 고여 있는 아픔에 다가갈 수 있겠지요.
매미는 여름 한철 이 땅에 태어나서
자신도 모르게 침묵했던 우리 마음의 고백들을
대신 터뜨려 주고 가는지도 모르겠습니다.
주위를 돌아볼 여유도 없이 앞만 보고 달려가느라
한 길 사람 속을 외면하는 위선의 계절에
매미의 처절한 깨우침을 되새겨 봅니다.

비록 사막과 같은 삶일지라도
끊임없이 꿈을 찾아 나서는 사람은
곳곳에 숨어 있는 오아시스를 발견하게 됩니다.

꿈을 꾸는 사람이 오아시스를 만난다

삶이란 때대로
사막의 한가운데에 서 있는 것처럼 까마득할 때가 있습니다.
사방은 뻥 뚫려 있는데도 어디로 가야
이 광활한 사막을 빠져나갈 수 있는지
알 수 없을 때가 있습니다.
이럴 때, 우리는 생명의 오아시스가 나타나기를 꿈꿉니다.
비록 사막과 같은 삶일지라도
끊임없이 꿈을 찾아 나서는 사람은
곳곳에 숨어 있는 오아시스를 발견하게 됩니다.

하고 싶은 것도 없고, 꿈도 없고,

의욕도 없는 딸아이를 보면서
삶이 막막하게만 느껴집니다.
처음엔 윽박지르기도 하고 타이르기도 하고
달래 보기도 합니다.
딸아이는 요지부동입니다.

답답한 생활 속 어딘가
오아시스가 숨어서 발견되어지기를
기다리고 있다는 생각이
문득 듭니다.
오아시스라는 말이 희망처럼 접목되어 옵니다.
사막은 지혜가 있을 때 존재한다고 합니다.
척박한 자연을 극복하고
사막의 꽃으로 피어 있는 오아시스를 생각하면서
내가 겪고 있는 사막을 생각합니다.
제2의 반항기를 겪고 있는 딸아이의 방황에 대해서,
딸아이의 고민에 대해 고민해 봅니다.

툭하면 집을 나가 버린다는 요즘 청소년들을 생각하고,
자살률 1위의 한국을 생각합니다.
엄마의 따뜻한 사랑을 간절히 원했던

어렸을 적 딸아이의 기다림을 떠올려 봅니다.
그리고 엄마로서 사랑이라고 쏟았던
사랑의 방법에 대해 생각합니다.
어른들이 정해 놓은 아이들에 대한 기대치와
어른들이 정해 놓은 편견의 잣대에 대해 생각합니다.
어른들과 요즘 아이들이 갖는
도덕적 기준의 차이에 대해 생각합니다.
어른들이 만들어 놓은 기준에 맞춰야 하는
사회 때문에 멍들어 가는 아이들을 생각합니다.
일류 대학과 일류 회사와 부를
삶의 척도로 만들어 놓은 어른들을 탓해 봅니다.
어른들이 만들어 놓은 숫자의 기준이
그 사람을 평가하는 세상이 아닌,
개인이 스스로 만들어 내는 기준으로
자유롭게 살아가는 세상을 꿈꾸어 봅니다.

아이의 시기를 살아 봤다는 이유로
아이가 아직 살아 보지 않은 미래를 강요해 온 것은 아닐까요.
내가 살아 봐서 안다는 이유로
아이만을 탓했던 것은 아닐까요.
아이는 그 나이 때를 살고 있을 뿐이고,

미래는 아직 살아 보지 않아서 모를 뿐입니다.
아이가 나이를 뛰어넘을 수 없듯이
아이의 세대를 아이답게 겪으며 살아 봐야
어른이 된다는 사실을
미처 모르고 있었던 것입니다.
나의 잣대로 그 나이를 뛰어넘어 살기를 바랐던 것입니다.

차츰, 마음을 비우고 기다릴 줄 아는 여유가 생깁니다.
딸아이가 지금 내 곁에 있는 것만으로도
감사하게 느껴집니다.
사막이 신비로운 것은
어딘가에서 꿈처럼 다가오는 오아시스 때문인 것처럼
삶이 살아 볼 만한 것은
어딘가에 있을 희망 때문이라는 것을 깨닫습니다.

무엇인가에 끊임없이 질문하다 보면 답을 얻게 되듯이,
먼저 자신을 돌아보고, 자신에게 끊임없이 물어 봅니다.
딸아이가 어떻게 하기를 바라기 전에,
딸아이를 이해하려고 노력해 봅니다.
서두르지 않고 느긋한 마음으로 딸아이를 믿고 기다려 봅니다.

그러자 멀리 오아시스가 보이기 시작합니다.

침묵으로 일관하며 반항하던 딸아이가

서서히 말을 걸어오기 시작합니다.

사막의 오아시스에서

물을 한 모금 마신 느낌이 이러하지 않을까요.

그동안 메말라 있던 마음에

희망의 감로수가 싸하게 흘러드는 느낌,

사막의 낙타는 알겠지요.

추억은 지나가 버린 것이 아니다

어느 날 문득, 잊고 있었던 추억이
어린 시절로 나를 데려다 줍니다.
거기 사십 년 전의 마당이 보이고,
그곳에 아버지가 마당에 멧질을 하고 계십니다.

마당에 멧질 하는 날은 다음 날 비가 오지 않을 것 같은 날을 잡습니다. 황토를 마당 군데군데 쌓아 놓고, 물을 부어 황토를 불립니다. 물과 황토가 어우러져 곱고 찰질 때까지 발로 자근자근 갭니다. 그런 다음 황토를 마당에 깔아 가며 두께를 고르고, 당그래로 평평하고 매끈하게 균형을 다집니다.

창호지 문을 열면 사그락거리는 문풍지 소리가
고요한 마당에 사뿐히 내려앉는 오후
햇빛도 환하게 마당을 멧질합니다.

아버지는 모난 삶의 불거진 상처를 메우듯,
우리들의 한해가 마당처럼 평탄해지기를
기도하며 힘차게 당그래질을 합니다.
축음기에서는 '황성옛터에 봄이 오면~' 하는 가락이
창호지 문틈으로 흘러 나와
당그래질에 추임새를 넣어 줍니다.
황토가 적당히 굳어지면 마당에 틈이 가지 않도록
다시 물을 뿌려 더욱 단단하게 흙의 밀도를 높여 줍니다.
마당이 고르게 말라 갈 때쯤,
다시 축음기에서 김영랑의 시를 읊는
어느 성우의 목소리가 간드러지게 울려 나옵니다.
'모란이 피기까지는 나는 아직 나의 봄을 기다리고 있을 테요. 모란이 뚝뚝 떨어져 버린 날 나는 비로소 봄을 여읜 설움에 잠길 테요…….'
행여 깨끗하게 멧질한 새 마당에 발자국이라도 낼까 봐서,
'애들은 나가 놀아라.' 호통치던 어머니 목소리도
엊그제 들은 추억의 노래처럼 선명합니다.

창호지 문을 열면 사그락거리는 문풍지 소리가
고요한 마당에 사뿐히 내려앉는 오후,
햇빛도 환하게 마당을 멧질합니다.

인생의 마당 위에 어린 시절을 올려놓으면
그 추억이 돌아와 주곤 합니다.
추억 속에서 걸어 나온 아버지가
내 인생의 마당이 되어 활짝 웃고 계십니다.

시샘하듯 마당을 가로지르는 빨랫줄,
그 위에 하얀 빨래가 가득 널리면
개선장군처럼 나타난 바지랑대가 줄을 높이 들어 받칩니다.
그러면 빨래들은 마당에 뒹구는 아이들처럼
신나게 나풀거리고,
우리들은 바지랑대 끝에 앉은 왕눈이잠자리 눈 굴리듯
부푼 꿈을 굴립니다.

세월의 둔덕을 고르듯 황토를 물에 불려 다지던 아버지가
오늘은 당그래를 내려놓고 이승으로 마실을 옵니다.
깨타작 콩타작에 몸살을 앓을지라도
한쪽에서는 빨갛게 고추를 말리던 마당은
아버지의 그릇이고, 삶의 여유 공간입니다.

축음기를 돌리듯 마당에 삶이 얹어지고
하루가 천천히 돌아갑니다.
쓸어도 쓸리지 않는 한 같은 것이
마당가에 먼지처럼 쌓이기도 합니다.
홀로 누렇게 곪기도 했을 쓸쓸함을 뒤로하고,
아버지의 주름을 세며 축음기가 돌고,
가끔 레코드 바늘이 튀듯 골이 깊은 곳으로

툭툭 하루가 삐거덕거리기도 합니다.
그런 날 아버지는 텅 빈 마당을 거닐면서
하루의 흔적을 자근자근 숨 죽여 다독입니다.

세월의 이랑에 맺히던 땀방울도
마당에 내려와 쉬곤 하던 그 시절 마당은,
버겁게 지고 있는 어깨의 짐을 내려놓아도 좋을,
아버지의 축음기 같은 것이었습니다.
황토처럼 찰지고 매끄러운 삶을 펼치라고
일러 주던 마당도, 아버지도,
지금은 추억 속에 있지만,
가끔 인생의 마당 위에 어린 시절을 올려놓으면
그 추억이 돌아와 주곤 합니다.
추억 속에서 걸어 나온 아버지가
내 인생의 마당이 되어 활짝 웃고 계십니다.
추억은 이미 지나가 버린 것이 아니라,
그냥 그 자리에서
내가 지금 살아 있다는 걸 일깨워 줍니다.

그 많던 감또개는 어디로 갔을까

감나무 가로수 길을 지날 때마다
저 감 주인은 누구일까 꼭 궁금해집니다.
어린 시절, 집 마당에는
커다란 감나무 한 그루가 있었습니다.
가지를 튼실하게 둔 그 감나무만 보면
늘 마음이 든든해지곤 했습니다.
감나무는 식구들이 집을 비운 빈집을
아무 탈 없이 지켜 주기도 했고,
더운 여름날엔 그늘을 내어 주기도 했습니다.
아침에 일어나면 제일 먼저 감나무와 문안 인사를 나눴고,
학교에서 돌아오면 반갑게 맞아 주는 감나무 때문에

나를 키워 준 그 많던 감또개는 다 어디로 갔을까요.
빨갛게 익은 감보다
사각 모양의 꽃등을 가진 감또개를 더 좋아했던 그 아이는
어디로 갔을까요.

언제나 개선장군처럼 어깨가 으쓱해지곤 했습니다.

친구와 다투고 속상할 때나 어른들께 야단을 들었을 때도
감나무 아래로 찾아들곤 했는데,
그때마다 감나무는 포근히 감싸 주면서
괜찮다고 마음을 토닥거려 주었습니다.
봄이면 이른 아침에 덜 떨어진 눈을 부비고 나와서
마당에 하얗게 떨어져 내린 감또개를 주웠습니다.
앞집 친구랑 누가 많이 줍나 내기를 하곤 했는데,
내 집 마당으로 가지가 더 많이 뻗어 있었기 때문에
친구보다 더 많은 감또개를 줍곤 했습니다.
'감나무야 고맙다.' 고 올려다보면,
그때마다 감나무는 더 신나게 가지를 뻗어 주었습니다.
그렇지만 나는 늘 슬퍼지곤 했습니다.
감나무 뿌리가 친구네로 뻗어 있는 그 감나무는
앞집 친구네 감나무였기 때문입니다.

엉거주춤 뿌리만 친구네 집으로 뻗어 있는 그 감나무를 올려다볼 때마다
머리를 갸우뚱거리곤 했습니다.
감나무 뿌리를 가지고 있는 그 친구는

감또개를 적게 주워도 감나무 아래서는
늘 목에 힘을 주곤 했습니다.

나는 친구보다 더 긴 감또개 목걸이를 목에 걸고도
감나무 가지만 슬프게 올려다보아야만 했습니다.
그럴 때마다 엉거주춤 서 있는 감나무를 탓해 보기도 하고,
또 애매하게 감나무를 갈라놓은
돌담을 탓해 보기도 하면서,
애먼 돌부리에 대고 헛발질만 해대곤 했습니다.

그래도 오지랖 가득 감또개만 품어 안으면
부자가 된 듯했고, 부러울 게 없었습니다.
봄에 감또개로 마음을 가득 채운 나는
그 힘으로 파릇파릇한 풋감의 시절인
여름을 견딜 수 있었기 때문입니다.
하지만 늦은 가을 다 익은 감을
친구네가 보란 듯이 거두어 갈 때면
감또개 힘으로 버티고 있던 마음이
힘없이 주저앉아 버리곤 했습니다.
여름내 정이 든 감을
뿌리 때문에 모조리 빼앗긴다고 생각하니

땅속에 숨어 있는 뿌리란 놈이
얼마나 무섭고 힘이 셀까 궁금해지곤 했습니다.

지금도 나는 가을에 익은 빨간 감보다는
각진 사각 모양의 꽃둥을 가진
앙증맞게 작은 감또개에 더 마음이 갑니다.
누가 뭐래도 감또개만은 내 것이었고,
그래도 그 시절 나를 지탱해 주었으니까요.

빨갛게 주렁주렁 열린 감나무 아래서 생각합니다.
나를 키워 준 그 많던 감또개는 다 어디로 갔을까요.
빨갛게 익은 감보다
사각 모양의 꽃둥을 가진 감또개를 더 좋아했던 그 아이는
어디로 갔을까요.

깜빡깜빡 철이 들 때

아버지 산소엔 가뭄으로 인해 군데군데 빈 잔디 위로 한숨만 풀풀 날립니다. 아버지가 공들여 지킨 흔적처럼 그나마 남아 있는 잔디도 겨우 마른 풀빛을 머금고 있습니다.

90년 만에 닥친 가뭄을 아버지는 아셨을까요. 바람도 달구어 재워 놓고 잔디까지 다 태울 기세로

매일 내리쬐는 불볕을 핑계 삼아 자식들이 보고 싶었던 모양입니다.

아버지는 외롭다는 듯 잡초들을 봉분 키만큼 키워 놓았습니다. 자주 찾아뵙지 못한 불효의 길이만큼 자란 잡초들이

아버지의 쓸쓸함을 대신하고 있습니다.

어렸을 적부터 아버지의 사랑 표현은 매서운 불호령이었습니다. 아버지의 지나치리만큼 심한 간섭에 호랑이 같은 아버지를 무서워했고 아버지를 싫어했습니다.

딸이 잘나면 아들이 치인다면서 딸은 공부를 잘해도 안 되었습니다. 그래서 아버지 보란 듯이 일부러 공부를 등한시해서 꼴찌 성적표를 보여 드리기도 하고, 아버지를 떠나 객지를 떠돌기도 하면서 아버지와 맞섰고 반항도 해서 아버지의 미움을 사기도 했습니다.

그러던 아버지가, 나이만 훌쩍 자라 버린 나에게
커다란 보퉁이를 쥐어 주고 결혼이라는 굴레 속으로
심부름 보내듯 훌쩍 떠나보냈지요.
아버지는 내가 하루도 못살고 보따리 쌀 거라며
물가에 내놓은 아이처럼 염려하셨습니다.
혼기를 넘긴 내가 아버지에게는 밉고
짐스러웠을 것이라고 자책하기도 했습니다.
'잘 되면 내 탓이고, 못 되면 조상 탓' 이라던 옛말처럼
일이 잘 안 풀린다거나
남들처럼 번지르하게 잘살지 못하는 것도
다 아버지 탓으로 생각했습니다.
나는 그렇게 억지를 부리면서

자연히 아버지를 찾아뵙는 일을 소홀히 했습니다.

언젠가부터 아버지는 목숨처럼 아끼던 일을 잃고
종이호랑이가 되어 갔습니다.
쩌렁쩌렁하고 무섭던 그 기개는 다 어디 가고,
힘없고 쓸쓸한 모습을 뵐 때마다
자식들 가슴을 아프게 하는 아버지가 미웠습니다.
아버지는 딸자식 보고 싶을 때마다 보고 싶다는 말은 못하고
쓸쓸히 창밖만 멍하니 바라보았다고,
어머니는 귀띔을 해 주었지만,
나는 살기 바쁘다는 핑계로
아버지의 외로움을
아버지 키만큼 키우고 계신 줄도 몰랐습니다.

그렇게 아버지는 홀로
세상과 담을 쌓으며 몇 년을 넋 놓고 사시다가
그 외로움이 아버지의 키를 넘던 어느 날
끝내 견디지 못하고 운명을 달리하셨습니다.
아직 아버지 심부름 절반도 마치지 못했는데,
아버지 보란 듯이 하루도 무사히 넘기고
일 년 십 년을 무사히 넘기고 있는데,

지금도 때때로 희미해져 가는
아버지라는 이름을 지키고 있는 무덤이
내 삶 속으로 마실을 와 주곤 합니다.
그때마다 나는 깜빡깜빡 철이 들곤 합니다.

몇 번은 풀었다가 되짚어 싸고 했던
해진 보퉁이 가슴에 지니고
이 다음에 꼭 보여 드리고 싶었는데,
아버지는 풀어진 보퉁이 곱게 여며서
그 짐 다 짊어지고 떠나셨습니다.

효도 한번 못한 무거운 짐을 어떻게든 덜어 보려고
궁색한 변명만 끌어다 대던 나는
이제야 철이 든 척 무덤에 찾아와 무릎을 꿇습니다.
죄스러움을 뽑아내듯 잡초를 뽑고
때늦은 후회를 심어 봅니다.
무성했던 외로움을 걷어내고
새 옷으로 떼를 입힌 무덤에 물도 줍니다.
아버지께 뜨끔하게 데인 불효막심한 내 가슴처럼
가뭄으로 뜨겁게 달아올라 숨죽여 있던 바람도
어디선가 몰려와서 시원스레 한몫 거들어 줍니다.
내 마음이 전해졌는지 아버지의 대답인 듯
무덤이 환하게 웃습니다.

그렇게 아버지는 세상 속에서 빠져나간 뒤에야
나에게로 왔습니다.

지금도 때때로 희미해져 가는

아버지라는 이름을 지키고 있는 무덤이

내 삶 속으로 마실을 와 주곤 합니다.

그때마다 나는 깜빡깜빡 철이 들곤 합니다.

잠자리채 속으로 날아들던 꿈

여름이 시작되면 품앗이처럼 마을 어른들이 모여
삼굿을 합니다.
삼의 껍질을 벗기기 위해 삼을 찌는 것을 삼굿이라고 합니다.
삼을 삶는 날은 새벽부터 아이들도 부산스럽습니다.
마을 동구 밖에다 삼 길이만큼 구덩이를 길게 파서
돌을 깔고 그 위에 삼을 얹습니다.
그러고는 흙을 덮고 그 밑으로 불을 때어서
돌과 흙이 뜨겁게 달아지면
양동이로 물을 길어다 그 위에 붓습니다.
그러면 하얀 김들이 연기처럼 일어나
순식간에 삼을 익힙니다.

이 삼굿이 순간적인 김의 압력으로 밥을 짓는
지금의 압력밥솥의 원리와 같다니
옛 어른들의 지혜가 존경스럽습니다.

누렇게 익은 삼 하나를 집어 들고 껍질을 죽죽 벗기면
아직 김에 젖어 눅눅한 하얀 제릅대가 드러납니다.
껍질을 벗은 제릅대가 바스락거리며 하얗게 말라갈 때쯤,
동네 아이들은
땔감도 못되고 버려진 하얀 제릅대를 고릅니다.
곧은 제릅대를 쪽을 내어 끝과 끝을 팽팽하게 받쳐
삼각틀의 잠자리채를 만듭니다.
길다란 제릅대 끝의 작은 삼각틀에 거미줄을 감으면
끈끈한 거미줄에 잠자리도 모이고 꿈도 모입니다.

벗겨진 껍질은 실이 되고 질긴 삼베가 되기까지
몇 번의 허물을 벗으며 여름을 납니다.
어린 시절 나는 늘 어머니의 베틀을 갖고 싶어 했습니다.
북이 철컥거리며 베틀을 건너다닐 때마다
날실과 씨실은 슬픔과 기쁨을 넘나드는 삶 같기도 했습니다.

어쩌다 길을 잘못 들어 헛발을 디디고 허우적거리듯

생의 베틀 앞에 앉아서 베를 짭니다.
여전히 베틀은 삐거덕거리고 여전히 비뚤어지는
하루하루로 철컥되지만
날마다 질긴 꿈을 북 속에 감습니다.

내 베틀은 늘 삐거덕거렸습니다.

몇 십 번의 허물을 벗고 먼 훗날 나는 어른이 되었고,
어른의 삶 속으로 베틀이 옮겨져 왔습니다.
이제는 내 생의 베틀 앞에 앉아서 베를 짭니다.
여전히 베틀은 삐거덕거리고 여전히 비뚤어지고
엉성한 하루하루로 철컥되지만,
나는 날마다 질긴 꿈을 북 속에 감습니다.

나는 지금도 튼실하고 긴 제릅대를 골라
삼각틀의 잠자리채를 만듭니다.
이 길과 저 길 사이를 지탱하고 있는 받침대가
가끔씩 균형을 잃고 부서질 때도 있고,
겨우 만들어진 삼각틀 안에
질기고 끈끈한 세월을 감아 놓으면
정작 잡히는 건 주소 불명의 꿈들 뿐입니다.
내가 잡을 빨간 고추잠자리는 더욱 하늘 높이 날아오르고
긴 잠자리채는 보이지 않는 잠자리를 잡느라
세월만 휘젓습니다.

몇 십 년을 넘나들어도 고추잠자리는

아무리 둘러봐도 낡은 거미줄뿐인 빈 잠자리채
그 삼각의 틀 속으로 날아들던 꿈이
아직도 허물어질 줄 모르고 웅크리고 있습니다.

늘 허공에서 춤을 춥니다.
삼각의 틀 속으로 팽팽히 얽혀 앉던 삶들,
뿌리도 없는 질기고 끈끈한 삶들 속으로
고추잠자리가 날아와 주기만을 바라는,
내가 정작 부여잡고 있는 것은
잠자리채가 아닌 빛바랜 하얀 제릅대는 아니었을까요.
혹은, 내가 만든 틀 속에 들지 않으려고 방황하는
한 마리 빨간 고추잠자리는 아니었을까요.

길을 가다 아무래도 잘못 든 길 같아서 돌아보면
엉거주춤 서 있는 하얗게 빛이 바랜 이정표 하나.
그 이정표 따라 되돌아갈 수도 없는 곳까지 와 버렸기에
더 똑똑히 눈에 밟히는 하얀 제릅대.
아무리 둘러봐도 모서리에 낡은 거미줄뿐인 빈 잠자리채.
그 삼각의 틀 속으로 날아들던 꿈이
아직도 허물어질 줄 모르고 웅크리고 있습니다.

사월의 나무여, 푸르러지려는가

막 싹이 돋아나기 전,

색깔도 생기기 전의 나무를 좋아합니다.

아직은 잎이 돋지 않은 나무들,

비어 있는 것처럼 보이지만

희망으로 가득 차 있는 나무들을 보면,

마음이 설렙니다.

뭔가 해야 할 거 같은 기대로 가슴이 부풀어 오르기도 합니다.

빛을 맞이하여 세상을 환하게 빛내기 위해

숨죽여 있는 모습은

그즈음의 나무에게서 느끼는 매력입니다.

햇살은 흔들림 없이 제 길로 내려오고요.

자리를 뜬 적이 없는 나무가 바람이 없는데도 저리 흔들리는 것이

한번쯤은 훨훨 어디든 떠나 보고 싶은 것은 아닐까요.

뭔가 무한히 꿈틀거리고 있는 어떤 생명의 힘이
잎이 돋기 직전의 나무들에게서 느껴집니다.
뭔가를 바쁘게 좇아가지 않으면
낙오자처럼 취급받는 이 사회에서,
당당하게 봄을 맞는 그즈음의 나무를 나는 닮고 싶습니다.
진득하게 초록의 잎을 우려내고 있는
나무의 모습을 조금 오래도록 지켜보고 싶습니다.

그런데 어떤 꽃으로 세상과 만날 것인지,
어떤 모양의 잎으로 세상과 소통할 것인지,
아직 채 준비하기도 전인데,
갑자기 나무들이 바빠지기 시작합니다.
노점상 할머니의 마른 고사리나물이
아직 떨이하려면 이른 시간인데,
찬바람에 털목도리가 아직은 든든하고,
호떡 포장마차는 아직 접을 생각이 없다 하는데,
나무들이 서둘러 채비를 합니다.

햇살은 흔들림 없이 제 길로 내려오고요.
자리를 뜬 적이 없는 나무가
바람이 없는데도 저리 흔들리는 것이

한번쯤은 훨훨 어디든 떠나 보고 싶은 것은 아닐까요.
나무들이 싹을 내기 시작하면서 초록 속으로
빠르게 속도를 내기 시작합니다.
조심스럽게 나뭇가지 위를 거닐던 햇살들
군데군데 무게가 실리는 걸 보면,
나무는 이제 두리번거리지 않습니다.
발이 시리도록 서성거리지도 않습니다.

나무에게 질세라 마음이 급해집니다.
나무를 따라 어디든 떠나야 할 거 같고,
그리하여 한번쯤 꿈속에라도 가 보고 싶었던
정선의 '몽유도원도',
복사꽃 피는 고향으로 돌아가서,
아니 그보다 더 몽롱한 유토피아를 찾아
안평대군의 꿈속을 한번 거닐어 봐야 할 거 같습니다.

쌓여 있는 일들은 슬그머니 밀쳐놓고,
손에 잡히지도 않는 그 무엇을 해야 할 거 같고,
낯선 나무의 이름을 받아 적어야 할 거 같아서,
연필을 쥐고 바싹바싹 마른 침이라도 발라야 할 거 같고,
자꾸만 찾아오는 해묵은 추억은

나무에 싹이 돋고 색이 짙어지려는 사월, 이쯤,
그대여, 푸르러지려는가.

더 낡기 전에 서둘러 잊어야 할 거 같습니다.

무엇보다도,

미루어 두었던 사랑을 찾아

우체부 아저씨의 둥근 자전거 바퀴를 따라

누군가를 꼭 만나러 가야 할 거 같고,

(빨간 자전거 바퀴를 만나면 누구든 손을 흔들어 주세요.)

그러면 바퀴가 착하고 둥글게 굴러가서

우체부 아저씨도 나무들처럼,

태초부터 제 이름을 알고 있던 나무들처럼,

훤히 사랑 속으로 데려다 줄 것 같고요.

나무에 싹이 돋고 색이 짙어지려는 사월, 이쯤.

그대여, 푸르러지려는가.

부엌을 그리다

엄마의 부엌은 깨끗하고 정갈했습니다.

큰방 쪽으로 놓여 있는 부뚜막에는

큰 물솥과 작은 밥솥, 밥솥보다 작은 국솥이

나란히 앉혀져 있었습니다.

아버지께서 외출을 한 날에는 놋그릇에 고봉으로 담긴 밥이

식지 않도록 부뚜막이

따뜻한 밥의 온기를 지속시켜 주었습니다.

그래서인지 부뚜막은

신성시되는 사당처럼 느껴지기도 했습니다.

부뚜막은 언제나 엄마처럼 따뜻했습니다.

매운 연기를 마시면서
끝끝내 불꽃을 살라 내는 엄마의 집념은
살면서 앞이 막막할 때마다 힘이 되곤 했습니다.

나는 늘 엄마를 필요로 했습니다.
집에 엄마가 없으면 제일 먼저 부뚜막에 손을 얹어 보고
엄마의 흔적을 그곳에서 찾곤 했습니다.
부뚜막은 엄마의 품처럼 넉넉하여
불안한 마음을 다독여 주곤 했습니다.

부뚜막 밑으로는
아궁이가 방의 구들로 연결되어 있었습니다.
아궁이에 나무를 넣고 혼신을 다해 불을 지피는
엄마의 모습은 실로 엄숙했습니다.
매운 연기를 마시면서
끝끝내 불꽃을 살라 내는 엄마의 집념은
살면서 앞이 막막할 때마다 힘이 되곤 했습니다.
엄마가 지펴 놓은 불이 아궁이에서 활활 타고 있는 모습을
쭈그리고 앉아서 보고 있노라면,
불꽃들이 영혼을 불태우며 살아야 한다고
외치고 있는 것만 같았습니다.
그럴 때 내 마음에도 뭔가가 꿈틀거리며 타올라
누군가를 따뜻하게 데워 주고 싶은 꿈을 꾸곤 했습니다.
산 너머 그리고 또 그 너머에 있는
무지개를 좇던 어린 시절,

불에 검게 탄 부지깽이 끝으로 부엌 바닥에 낙서를 하면
부지깽이는 나에게 시인도 되고
화가도 되는 꿈을 불어 넣어 주었습니다.

꿈을 꾸는 방법이 하나가 아니란 걸
조심스럽게 알아 가는 시절이기도 했습니다.

말없는 열정으로 무엇인가를 데워 주는 아궁이를 보면서
엄마와 닮았다는 생각을 했습니다.
다 타 버린 아궁이에 숯이 남으면
엄마는 그 속에 감자나 고구마를 익혔습니다.
엄마가 숯에 구워 주는 감자와 고구마는
엄마의 마음만큼이나 포근포근했습니다.

부뚜막을 기억자로 꺾으면 삼단 찬장이 있었습니다.
대추나무로 된 검은 찬장 안에는
마른 반찬과 빈 그릇들이 놓여 있었고,
엄마가 살가울 때만 꺼내 주곤 하던 조청엿도
그 안에 있었습니다.
엄마의 찬장 그릇들은 단정하고 조용했습니다.
엄마는 간혹 마음이 불편해지면
괜한 그릇들을 옮기곤 했습니다.
그럴 때에도 그릇들은 조곤조곤 소리가 새지 않았습니다.

부엌 바닥에는 항상 부지깽이가 놓여 있었습니다,

엄마는 그 부지깽이를 요긴하게 여러모로 사용했습니다.
아궁이 불을 뒤적일 때도 쓰고,
내가 잘못을 했을 때도 엄마는 부엌으로 들어가
부지깽이부터 들고 나오곤 했습니다.
불에 검게 탄 부지깽이 끝으로 부엌 바닥에 낙서를 하면
부지깽이는 나에게 시인도 되고
화가도 되는 꿈을 불어 넣어 주기도 했습니다.
엄마의 부지깽이는 먼 훗날의 나에게
교훈이 되기도 하고 채찍이 되기도 하여,
여러모로 나를 키우는 데에 쓰여졌습니다.

어찌 보면 부엌은 엄마를 지키는 수호신 같았습니다.
엄마는 속상할 때나 힘들 때
부엌에서 위로를 받기도 하고 쉬기도 했습니다.
엄마가 부엌에서 하릴없이 바쁘게 움직이면
그때가 엄마의 휴식 시간이거나
마음이 불편한 일이 있거나 할 때였습니다.
엄마에게 부엌은 삶을 견디게 하는 힘의 곳간이었습니다.

엄마의 부엌은 엄마가 지켜 내야 하는 삶의 영역이었습니다.
비록 가족을 위한 희생의 공간이었을지라도

엄마에게 부엌은 삶을 견디게 하는 힘의 곳간이었습니다.
엄마는 부엌에서 행복했을까요.

따뜻한 사랑이 없이는 지켜 내지 못했을 엄마의 자리.

나의 부엌을 소유하고 있는 지금,

엄마의 부엌을 그리며 생각합니다.

엄마는 부엌에서 행복했을까요.

잘 있는 거지요?

잘 있을 거예요 그럴 거예요

엉거주춤 자꾸만 물어집니다

잘 있겠지요

자꾸라는 말처럼

돌아보고 또 돌아봐지는 엉거주춤한 뒷모습

동구 밖 같은

배웅 같은

저녁답 긴 그림자 같은

엄마

이를테면,
일상에서
희망을 만나는 일